LA LIBRAIRIE DE L'ÎLE

GABRIELLE ZEVIN

LA LIBRAIRIE DE L'ÎLE

Traduit de l'anglais (États-Unis)
par Aurore Guitry

fleuve
ÉDITIONS

Titre original :
THE STORIED LIFE OF A.J. FIKRY

Ce titre a précédemment paru sous le titre :
L'Histoire épatante
de M. Fikry & autres trésors

FSC
www.fsc.org
MIXTE
Papier issu de
sources responsables
FSC® C003309

Pocket, une marque d'Univers Poche,
est un éditeur qui s'engage pour la préservation
de son environnement et qui utilise du papier fabriqué
à partir de bois provenant de forêts gérées
de manière responsable.

ISBN : 978-2-266-27337-4

Pour mes parents qui ont nourri
mon enfance de lectures, et pour le garçon
qui m'a offert l'intégralité
des nouvelles de Nabokov,
il y a de nombreux hivers de cela.

« Allons, ma douce, aimons-nous
avant qu'il ne reste rien de toi et moi. »

Rūmī

PREMIÈRE PARTIE

Coup de gigot

1953/Roald Dahl

Une femme tue son mari avec un gigot d'agneau surgelé. Elle se débarrasse ensuite de « l'arme du crime » en la servant aux policiers. Quoique la proposition de Dahl soit recevable, elle n'a pas convaincu Lambiase. Une femme au foyer digne de ce nom aurait-elle offert à ses invités un gigot comme celui-là, sans l'avoir décongelé au préalable, assaisonné ou fait mariner ? Aurait-elle attaché si peu d'importance à la cuisson de sa viande ? Je ne suis ni cuisinier ni criminologue, et pourtant... il suffit de chipoter sur un détail pour que toute l'histoire vacille. Malgré cette réserve, j'ai néanmoins choisi cette anecdote en souvenir d'une fille que j'ai connue autrefois. Elle adorait James et la Pêche géante.

A.J.F.

À bord du ferry qui relie Hyannis à Alice Island, Amelia Loman attend que son vernis jaune sèche en parcourant les notes de Harvey Rhodes, son prédécesseur. *Librairie de l'île, chiffre d'affaires avoisinant les 350 000 dollars par an, réalisé surtout l'été grâce aux vacanciers. Espace de vente de cinquante-six mètres carrés. Aucun employé à plein temps à l'exception du propriétaire. Rayon jeunesse très limité. Très peu d'animations en magasin et peu de visibilité Internet. Important fonds en littérature, intéressant pour nous, mais Fikry a des goûts très particuliers, et sans Nic, on ne peut pas compter sur lui pour pousser les ventes. Heureusement pour ses affaires, il est le seul libraire de l'île.* Amelia se traîne une légère gueule de bois. Elle bâille en se demandant si une petite librairie exigeante valait pareil déplacement. Mais une fois son vernis séché, son optimisme à toute épreuve reprend le dessus : évidemment que ça vaut le coup ! Amelia est la spécialiste des petites librairies pointues et de leurs étranges propriétaires. Et ses talents ne s'arrêtent pas là. Amelia sait aussi faire plusieurs choses à la fois : choisir le vin pour un dîner (et en assumer les dommages collatéraux en veillant sur ses amis qui en ont abusé), prendre soin des plantes, des animaux abandonnés et autres causes désespérées.

Au moment où elle descend du ferry, son téléphone sonne. Elle ne reconnaît pas le numéro, d'ailleurs aucun de ses amis n'utilise plus son portable pour appeler. Cette distraction est néanmoins la bienvenue ! Et puis, elle ne veut pas devenir comme tous ces gens blasés pour qui les bonnes nouvelles n'arrivent jamais à l'improviste.

Son interlocuteur n'est autre que Boyd Flanagan, sa troisième rencontre et désillusion sur Internet, qui l'avait emmenée au cirque six mois plus tôt.

— J'ai essayé de t'envoyer un mail il y a quelques semaines. Tu l'as reçu ?

Amelia l'informe qu'elle a changé de boulot, ce qui a engendré la désactivation de ses comptes Internet.

— Je me pose beaucoup de questions sur les sites de rencontre. Je ne suis pas sûre que ce soit fait pour moi.

Boyd ignore cette dernière information.

— Et si on se revoyait ?

Objet : leur rancard. Ils n'avaient rien en commun. Mais, trop absorbée par la découverte du cirque, elle ne s'en était pas aperçue tout de suite. À la fin du dîner, leur incompatibilité lui avait sauté aux yeux. Elle aurait sans doute pu réaliser plus tôt. Au regard de leurs avis très divergents concernant l'entrée par exemple. Pendant le repas, Boyd avait avoué son aversion pour les « vieilles choses », pour ne pas dire les antiquités, les maisons, les chiens, les gens. Amelia ne s'était pourtant autorisée à ouvrir les yeux qu'au dessert, quand elle lui avait demandé quel livre avait le plus influencé sa vie et qu'il avait répondu : *Les Principes de base de la comptabilité*.

Elle lui annonce gentiment qu'il vaut mieux ne pas « se revoir ».

Le souffle haletant de Boyd résonne dans le combiné. Et s'il se mettait à pleurer ?

— Ça va ?

— Pas de condescendance avec moi !

Amelia sait qu'elle devrait raccrocher, mais une part d'elle-même tient à connaître la suite. Quitte à se coltiner un rancard pourri autant avoir des anecdotes marrantes à raconter ?

— Pardon ?

— Tu remarqueras que je ne t'ai pas rappelée tout de suite, Amelia. Pourquoi ? Parce que j'avais rencontré une fille mieux, mais comme ça n'a pas marché, j'ai décidé de te donner une seconde chance. Alors ne prends pas tes grands airs avec moi. Tu as un joli sourire, je te l'accorde. Mais tu as de trop grandes dents, un trop gros cul et tu n'as plus vingt-cinq ans même si on serait tenté de le croire avec tout ce que tu bois. À cheval donné, on ne regarde pas les dents. (Le cheval en question fond en larmes.) Je suis désolé, vraiment désolé.

— Ça ne fait rien, Boyd.

— Qu'est-ce qui cloche, chez moi ? C'était sympa le cirque, non ? Et je ne suis pas si mal.

— Tu étais génial. Et j'ai trouvé l'idée du cirque très originale.

— Mais il y a bien un truc qui te gêne chez moi. Sois franche.

À ce stade de la conversation, elle en voit plusieurs et en choisit un.

— À un moment, je t'ai dit que je travaillais dans l'édition et tu as admis ne pas être un grand lecteur, tu te rappelles ?

— Espèce de snob !

— Pour certaines choses, j'imagine que je le suis. Écoute, Boyd, je travaille, là. Il faut que je te laisse.

Amelia raccroche. Elle se fiche bien de ce que peut dire Boyd. Elle est au-dessus de ça. D'autant qu'il ne s'adressait pas vraiment à elle. Il est déçu, voilà tout. Elle aussi a eu son lot de déconvenues.

À trente et un ans, Amelia estime qu'elle aurait déjà dû rencontrer quelqu'un.

Et pourtant...

Son optimisme la pousse à croire qu'il vaut mieux être seule qu'avec un type qui ne partage ni vos sentiments ni vos centres d'intérêt. N'est-ce pas ?

Sa mère prétend que les romans ont ruiné ses chances de trouver un homme, un vrai. Cette remarque a le don de l'exaspérer, elle sous-entend qu'Amelia ne lit que des livres à l'eau de rose avec des héros romantiques. La jeune femme n'a certes rien contre ce type de lecture, mais ses goûts littéraires sont beaucoup plus éclectiques. La preuve : elle adore le personnage d'Humbert Humbert – même s'il faut reconnaître qu'elle n'en voudrait pas pour compagnon, petit ami ou même vague relation. Idem pour Holden Caulfield, M. Rochester et M. Darcy.

L'enseigne violette et artisanale de la librairie est tellement abîmée qu'Amelia a failli passer devant sans la voir.

LIBRAIRIE DE L'ÎLE
Fournisseur exclusif d'Alice Island
en littérature de qualité depuis 1999
Nul homme n'est une île ;
chaque livre est un monde

À l'intérieur, derrière la caisse, une adolescente lit le dernier recueil de nouvelles d'Alice Munro.

— Ah ! Comment le trouves-tu ? demande Amelia.

Elle adore cette auteure. Malheureusement, en dehors des vacances, elle n'a pas souvent le temps de se plonger dans des lectures personnelles.

— Il est au programme cette année, rétorque l'étudiante comme si cela répondait à la question.

Amelia se présente, et la jeune fille lui indique le fond de la boutique sans même lever le nez de son bouquin.

— Vous trouverez A.J. dans son bureau.

Des piles de manuscrits et de premières épreuves bordent le couloir, menaçant à tout moment de s'effondrer et Amelia cède une seconde au découragement. Le sac sur son épaule contient plusieurs ouvrages, qui rejoindront sûrement ces colonnes de bouquins, et un catalogue rempli de titres qu'il lui faudra proposer. Amelia ne ment jamais quand elle parle d'un livre. S'il ne lui a pas plu, elle ne prétend jamais le contraire. Elle parvient toujours à lui trouver des qualités, sa couverture, son auteur ou le site Internet de son auteur. *Ce qui justifie mon gros salaire*, se dit-elle régulièrement pour plaisanter. 37 000 dollars par an sans compter les primes éventuelles dont aucun de ses collègues n'a bénéficié depuis très longtemps.

La porte du bureau d'A.J. Fikry est fermée. Amelia est à mi-parcours quand la manche de son pull s'accroche à une pile. Une centaine de livres, au bas mot, s'écroulent alors sur le sol en faisant un boucan de tous les diables. A.J. Fikry sort de son antre, regarde le désastre et la géante aux cheveux blond foncé qui s'évertue à reconstituer l'édifice.

— Qui diable êtes-vous donc ?

— Amelia Loman.

Elle rempile une dizaine de volumes dont la moitié retombe aussitôt.

— Ne touchez plus à rien ! lui ordonne le libraire. Ces livres sont classés. Vous ne m'êtes d'aucune aide là. Allez-vous-en !

Amelia se redresse. Elle dépasse A.J. d'une bonne dizaine de centimètres.

— Mais nous avions rendez-vous.

— Non, crache-t-il.

— Bien sûr que si. Je vous ai envoyé un mail avec la liste des parutions de fin d'année, la semaine dernière. Vous m'avez proposé de passer jeudi ou vendredi après-midi. J'ai opté pour jeudi.

Même si leur échange s'était limité à quelques phrases, elle est certaine de ne pas l'avoir inventé.

— Vous êtes repré ?

Amelia, soulagée, lui répond d'un hochement de tête.

— Rappelez-moi pour quel éditeur.

— Knightley Press.

— C'est Harvey Rhodes, leur commercial attitré, réplique A.J. Quand vous m'avez contacté par mail la semaine dernière, je vous ai prise pour sa secrétaire ou une employée.

— Je suis sa remplaçante.

Un profond soupir accueille la nouvelle.

— Chez qui est-il parti ?

Harvey est mort. L'espace d'une seconde, l'idée d'une plaisanterie effleure Amelia : son prédécesseur a été recruté par L'Audelà sarl. Elle préfère s'en tenir à une réponse laconique :

— Il est décédé. Je croyais que vous étiez au courant.

La plupart de ses clients avaient appris sa disparition. Harvey, toutes proportions gardées, faisait figure de légende dans le métier.

— Un avis de décès a été publié dans la newsletter d'ABA et dans le *Publishers Weekly*, me semble-t-il, ajoute-t-elle en guise d'excuses.

— Je ne lis pas vraiment la presse spécialisée.

A.J. retire ses épaisses lunettes noires et les essuie pendant un long moment.

— Je suis navrée que la nouvelle vous bouleverse à ce point.

Elle pose sa main sur le bras du libraire qui se dégage aussitôt.

— Que voulez-vous que ça me fasse ? Je le connaissais à peine. On ne se voyait que trois fois par an, pas vraiment suffisant pour se lier d'amitié. Et d'ailleurs, il ne venait que pour essayer de me vendre des livres. Cela ne correspond pas à ma définition de l'amitié.

A.J. n'est pas d'humeur à écouter la présentation du programme de fin d'année, Amelia l'a bien compris. Elle devrait lui proposer de revenir un autre jour. Mais elle repense aux deux heures de voiture pour rejoindre Hyannis, aux quatre-vingts minutes de bateau jusqu'à

Alice, sans compter les horaires hasardeux des ferries à partir d'octobre.

— Maintenant que je suis là, que diriez-vous de jeter un œil aux titres qui sortiront chez Knightley en fin d'année ?

Le bureau d'A.J. est un cagibi. Pas de fenêtres, ni d'affiches aux murs, pas de photos de famille, ni de bibelots sur sa table de travail, et pas d'autre issue que la porte. En revanche, il y a des livres, des étagères en métal bon marché comme celles des garages, une armoire de classement, et un vieil ordinateur qui doit dater du siècle dernier. Amelia a soif, mais le libraire ne lui offre rien à boire et elle se garde bien de lui réclamer un verre. Elle débarrasse une chaise, s'assoit et se lance dans la présentation du programme du dernier semestre. C'est le moins important de l'année en termes de quantité et de perspectives. L'éditeur y répertorie les titres qu'il juge sans avenir commercial, à l'exception de quelques premiers romans prometteurs. Et pourtant, Amelia préfère souvent ce programme aux autres. Il contient des œuvres mineures, des outsiders, des perles. (Un peu comme se perçoit la jeune femme elle-même.)

Elle garde le meilleur pour la fin. Il s'agit des mémoires d'un octogénaire, un célibataire endurci qui se maria à soixante-dix-huit ans. Son épouse mourut après deux ans d'union, à l'âge de quatre-vingt-trois ans. D'un cancer. La biographie de l'auteur indique qu'il a été journaliste scientifique pour plusieurs journaux du Midwest. Son style est précis, drôle, pas du tout geignard. Amelia n'a pas pu retenir ses larmes dans le train qui reliait New York à Providence. L'histoire de ce petit livre, *Marié sur le tard*, peut paraître un peu cliché, elle en est consciente. Mais il trouverait son public si on lui en laissait la chance. Amelia sait par expérience qu'en se montrant moins intransigeants, les gens résoudraient la plupart de leurs problèmes.

Au beau milieu de la présentation, A.J. pousse un profond soupir et pose sa tête sur son bureau.

— Qu'est-ce qui ne va pas ? demande Amelia.

— Ce n'est pas pour moi.

— Jetez un coup d'œil au premier chapitre, insiste-t-elle en lui fourrant les épreuves non corrigées dans les mains. Je reconnais que le sujet peut sembler un peu mièvre, mais c'est très bien éc…

— Ce n'est pas pour moi, l'interrompt A.J.

— D'accord, dans ce cas, je vais passer à un autre titre.

Sa proposition est accueillie par un nouveau soupir.

— Vous m'avez l'air d'une jeune femme sympathique, mais votre prédécesseur… Eh bien, Harvey connaissait mes goûts et il les partageait.

Amelia pose les épreuves sur le bureau.

— Donnez-moi une chance de les découvrir, alors.

Seigneur ! il va croire que je minaude, pense-t-elle.

A.J. marmonne dans sa barbe, un truc du genre « À quoi bon ? » quoiqu'elle n'en soit pas certaine.

Amelia referme le catalogue de Knightley.

— Je vous en prie, monsieur Fikry. Dites-moi simplement ce qui vous plaît.

— Ce qui me plaît, répète-t-il avec répugnance. Et si je vous parlais plutôt de ce qui me déplaît ? Je déteste les fictions post-modernistes, ou post-apocalyptiques, les narrateurs post-mortem, ou le réalisme merveilleux. Les tournures de style prétendument ingénieuses ne me touchent guère, pas plus que les intrigues à tiroirs, les images déplacées – tous les stratagèmes de ce genre, en somme. Je méprise toutes les fictions inspirées de l'Holocauste ou d'autres grandes tragédies mondiales – pitié, tenez-vous-en aux documents. Je déteste les ouvrages hybrides, les livres de genre type polar ou fantastique. La littérature devrait rester la littérature, et les genres, des genres. Les mélanges donnent rarement de bons résultats. Je n'aime pas les livres pour enfants, en particulier ceux avec des orphelins, et je ne tiens pas à encombrer mes étagères de romans pour jeunes adultes. Je refuse les bouquins de plus de quatre cents pages ou de moins de cent cinquante. J'exècre les ouvrages rédigés par des nègres et signés par des stars de la téléréalité, les albums de photos de célébrités, les biographies de sportifs, les novélisations, les nouveautés, et – j'imagine que cela va de soi – les histoires de vampires. Je ne commande pas beaucoup de premiers romans, de comédies, de recueils de poésie, ou de traductions. Je me passerais volontiers des séries, mais il faut bien vivre. Pour votre gouverne, il est inutile de me présenter la dernière « grosse série » tant qu'elle n'est pas en bonne position sur la liste des meilleures ventes du *New York Times*. Et surtout, mademoiselle Loman, j'abomine les maigres mémoires de petits vieux qui ont perdu leur petite vieille emportée par un cancer, quel que soit l'engouement du représentant pour le style de l'auteur ou sa garantie d'en écouler un grand nombre d'exemplaires pour la fête des Mères.

Amelia rougit, de colère plus que d'embarras. Elle respecte les opinions d'A.J., mais pas son agressivité gratuite. De toute façon, Knightley ne vend pas la moitié de ces bouquins. Elle prend quelques secondes pour observer le libraire. Bien qu'il soit plus vieux qu'elle – d'une décennie tout au plus –, cet homme est trop jeune pour apprécier si peu de choses.

— Quelles sont vos lectures de prédilection, dans ce cas ? demande-t-elle.

— Tout le reste. Je reconnais aussi avoir un faible pour les recueils de nouvelles. Même si les clients n'en achètent jamais.

Il n'y a qu'un seul ouvrage de ce type sur la liste d'Amelia, c'est déjà ça. Amelia ne l'a pas lu en entier et n'aura sûrement pas le temps de le faire. Néanmoins, elle a bien aimé la première histoire. Deux élèves de première, un Américain et un Indien, participent à un programme de correspondance international. Le narrateur, un gamin indien, n'arrête pas de tromper les Américains sur les coutumes de son pays en les détournant avec humour. Amelia, qui a toujours la gorge sèche, s'éclaircit la voix :

— *L'Année où Bombay est devenu Mumbai*. Je crois que cet ouvrage devrait vous int…

— Non.

— Vous ne m'avez même pas laissé le temps de vous le résumer.

— C'est non.

— Mais pourquoi ?

— Soyez honnête et admettez que vous me parlez de ce titre uniquement parce que je suis moi-même à moitié indien. Vous en avez déduit que cela m'intéresserait. Je me trompe ?

Amelia rêve de lui balancer son vieil ordinateur au visage.

— Je vous l'ai présenté parce que vous venez de me dire que vous aimiez les recueils de nouvelles ! C'est d'ailleurs le seul qui figure au catalogue. Et pour votre information, ce livre est un bijou, du début à la fin, ment-elle. Même s'il s'agit d'une première œuvre. Et vous savez quoi ? J'adore les premiers romans, découvrir les nouveautés. C'est d'ailleurs en grande partie pour ça que je fais ce métier.

Amelia se lève. Elle a mal au crâne. Peut-être qu'elle force trop sur la bouteille… Le sang bat dans ses tempes, et son cœur s'emballe.

— Vous voulez mon opinion ?

— Pas vraiment, répond A.J. Quel âge avez-vous, vingt-cinq ans ?

— Monsieur Fikry, c'est une très jolie librairie, mais si vous persistez à… à…

Petite fille, Amelia bégayait. Et ça la reprend chaque fois qu'elle est perturbée. Elle s'éclaircit la voix.

— … à penser de façon aussi rétrograde, la Librairie de l'île ne tardera pas à mettre la clé sous la porte.

Amelia dépose *Marié sur le tard* ainsi que le catalogue d'hiver sur le bureau. Elle enjambe les livres qui jonchent le couloir et quitte la boutique.

Le prochain ferry ne part pas avant une heure, ce qui lui laisse le temps de flâner un peu en ville. À l'entrée d'une agence de la Bank of America, une plaque en bronze commémore l'été qu'Herman Melville a passé ici, à l'époque où le bâtiment abritait encore l'hôtel Alice. Elle sort son téléphone et se photographie devant la plaque. Alice est plutôt une jolie ville. Pourtant, rien ne devrait l'y ramener avant un bon bout de temps.

Amelia envoie un texto à son patron à New York : *Il ne faudra pas trop compter sur des commandes de l'île.* ☹

Ne t'inquiète pas, lui répond-il. *Petit client, et la librairie attend l'arrivée de l'été et des touristes pour passer le gros de ses commandes. Le propriétaire est bizarre, et Harvey lui vendait toujours mieux les sorties printemps/été. Tu y arriveras, toi aussi.*

*
* *

À 18 heures, A.J. libère Molly Klock.

— Que donne le nouveau Munro ? lui demande-t-il.

Elle grogne.

— Pourquoi est-ce que tout le monde me pose cette question aujourd'hui ?

En réalité, seule Amelia l'a interrogée à ce sujet, mais Molly a tendance à exagérer.

— Parce que tu es en train de le lire, je suppose.

Elle ronchonne à nouveau.

— Ouais. Les personnages sont... comment dire... trop humains parfois.

— Il me semble que c'est justement l'intérêt de Munro, réplique A.J.

— J'sais pas. J'préfère les vieux trucs. À lundi.

Il faudra songer à s'occuper de Molly, pense-t-il en retournant la pancarte FERMÉ. Cette petite a certes un goût pour la lecture, mais c'est une vendeuse catastrophique. Enfin, elle ne travaille qu'à mi-temps et c'est si pénible de former un nouvel employé... et puis au moins, celle-ci ne le vole pas. Pour l'embaucher, Nic avait bien dû déceler des qualités chez Mlle Klock, la revêche. A.J. trouvera peut-être le courage de la licencier avec l'arrivée de l'été.

A.J. fiche les derniers clients à la porte – il y a notamment un groupe d'étudiants en chimie organique qui l'agacent prodigieusement : ils squattent le rayon des magazines depuis 16 heures sans en avoir acheté un seul et le libraire serait prêt à parier que l'un d'eux lui a bouché ses toilettes. Ensuite, A.J. fait sa caisse, une corvée aussi déprimante qu'elle en a l'air. Enfin, il monte dans son appartement situé sous les toits. Il passe une boîte de poulet vindaloo surgelé au micro-ondes. Neuf minutes, suivant les conseils de préparation. Planté devant son four, A.J. repense à la fille de Knightley. On aurait dit qu'elle sortait tout droit du Seattle des années 1990 avec ses bottes en caoutchouc à imprimé ancres marines, sa robe à fleurs de mamie, son pull beige, et ses cheveux aux épaules que son petit copain avait dû lui couper dans sa cuisine. Petite copine ? Copain, tranche-t-il. Il songe à Courtney Love, du temps où elle était mariée à Kurt Cobain. La bouche rose et sévère affirme : « Personne ne peut me blesser » alors que les doux yeux bleus disent : « Si, tu le peux, et tu le feras même sûrement. » Et il avait fallu qu'il fasse pleurer ce joli brin de fille. Bravo, A.J.

L'odeur du poulet s'intensifie mais il reste encore sept minutes et demie à patienter.

Il doit s'occuper. S'atteler à une tâche physique, mais pas fatigante.

A.J. descend dans la cave avec son cutter pour

plier les cartons de livres. Couper. Aplatir. Empiler. Couper. Aplatir. Empiler.

A.J. regrette d'avoir été odieux avec la représentante. Elle n'était pas responsable. On aurait dû le prévenir du décès de Harvey Rhodes.

Couper. Aplatir. Empiler.

Quelqu'un l'en avait probablement averti. A.J. survole à peine ses e-mails et ne décroche jamais son téléphone. Avait-on organisé des funérailles ? A.J. n'y aurait pas assisté de toute façon. Évidemment, il connaissait à peine Harvey Rhodes.

Couper. Aplatir. Empiler.

Et pourtant… il avait passé des heures avec cet homme ces six dernières années. Leurs conversations s'étaient limitées aux livres mais qu'y a-t-il, dans la vie, de plus personnel que les livres ?

Couper. Aplatir. Empiler.

De plus, il est si rare de trouver quelqu'un qui partage vos goûts. Le ton n'était vraiment monté qu'une seule fois, au sujet de David Foster Wallace. C'était peu de temps après le suicide de l'écrivain. A.J. n'avait pas supporté le ton révérencieux des hommages qui lui avaient été réservés. Le défunt avait écrit un roman honnête (quoique complaisant et trop long), quelques essais assez pertinents, et pas grand-chose d'autre.

— *L'Infinie Comédie* est un chef-d'œuvre, avait déclaré Harvey.

— Dites plutôt que c'est une épreuve d'endurance. Vous vous accrochez pour le terminer et vous vous sentez ensuite obligé de dire qu'il vous a plu, sans quoi vous seriez contraint d'admettre avoir perdu plusieurs semaines pour rien, avait riposté A.J. Ne confondez pas la forme et le fond, mon ami.

Harvey s'était penché sur le bureau, le visage écarlate.

— Vous parlez ainsi de tous les auteurs de votre génération.

Couper. Aplatir. Empiler. Ficeler.

Lorsque A.J. remonte, son poulet a refroidi. S'il le remet au four dans son emballage en plastique, c'est le cancer assuré.

Il pose le plat sur la table. La première bouchée est brûlante, la seconde, glacée. Le poulet vindaloo de papa ours, le poulet vindaloo de bébé ours. A.J. balance son repas contre le mur. Il avait si peu compté pour Harvey, alors que Harvey, lui, avait tant compté pour lui.

Le plus difficile quand on vit seul, c'est de devoir nettoyer son foutoir sans l'aide de personne.

Non, le pire c'est que tout le monde se fiche bien de vous savoir contrarié. Nul ne se soucie d'un vieux bougre de trente-neuf ans qui, comme un môme, jette une barquette en plastique de poulet vindaloo contre le mur. A.J. se sert un verre de vin rouge. Il recouvre la table d'une nappe. Ensuite il traverse le salon, déverrouille une vitrine réfrigérée et en retire *Tamerlan et autres poèmes*. De retour dans la cuisine, il place l'ouvrage en face de lui et le cale contre la chaise que Nic occupait autrefois.

— À la tienne, sale raclure ! lance-t-il au mince ouvrage.

Il vide son verre, s'en verse un autre et se promet, après l'avoir terminé, de se plonger dans un livre. Pourquoi pas l'un de ses préférés, *Portrait de classe* de Tobias Wolff par exemple ? Même s'il ferait certainement mieux de passer à des nouveautés. De quoi lui avait parlé cette gourde de représentante déjà ? *Marié sur le tard* – pouah ! A.J. pensait vraiment ce qu'il avait dit. Il n'y a rien de pire que des mémoires, des mièvreries sur les veufs. D'autant plus qu'A.J. traverse la même épreuve que le héros depuis dix-huit mois. La repré n'y est pour rien. Elle ignorait tout de son assommante tragédie personnelle. Bon sang, comme il se languissait de Nic. De sa voix, de son cou et même de ses satanées aisselles, aussi râpeuses que la langue d'un chat, qui, en fin de journée, sentaient le lait caillé.

Trois verres plus tard, il s'effondre sur la table. Il ne pèse que soixante-quatre kilos pour un mètre soixante-dix, et a à peine touché au poulet vindaloo. Sa pile de livres ne sera pas entamée ce soir.

*

*   *

— A.J., soupire Nic. Va te coucher.

Il rêve, enfin. C'est pour en arriver là que les gens boivent.

Nic, le spectre de son sommeil d'ivrogne, l'aide à se mettre debout.

— Pauv' type. Tu es pitoyable, tu sais ?

Il acquiesce.

— Du poulet au curry surgelé et de la piquette à 5 dollars.

— Je me contente de perpétuer les traditions dont j'ai hérité.

Le fantôme et lui traînent les pieds jusqu'à la chambre.

— Je vous félicite, monsieur Fikry. Vous deviendrez bientôt un véritable alcoolique.

— J'en suis désolé, dit-il tandis que le spectre le lâche sur le lit.

Elle a les cheveux coupés court, à la garçonne.

— Tu t'es coupé les cheveux, ça fait bizarre.

— Tu as été odieux avec cette fille aujourd'hui.

— C'est à cause de Harvey.

— Bien sûr, lance-t-elle.

— Je ne supporte pas de voir mourir les gens qui t'ont connue.

— Ce qui explique tes difficultés à licencier Molly Klock ?

Il hoche la tête.

— Tu ne peux pas continuer dans cette voie.

— Si, je l'ai prise et je la poursuivrai.

Le fantôme de Nic dépose un baiser sur son front.

— En fait, ça me ferait plaisir que tu te ressaisisses.

Elle s'est éclipsée.

Personne n'était responsable de l'accident. Nic avait pris la voiture pour raccompagner un auteur chez lui après la rencontre de l'après-midi. Elle avait sans doute roulé plus vite pour ne pas rater le dernier ferry d'Alice. Peut-être avait-elle fait une embardée afin d'éviter un cerf. Ou à cause de l'hiver et des routes glissantes du Massachusetts. On ne le saurait jamais. Le policier, à l'hôpital, lui avait demandé si Nic avait des tendances suicidaires.

— Non, rien de la sorte.

Elle était alors enceinte de deux mois. Ils avaient préféré garder la nouvelle pour eux, parce qu'ils avaient déjà eu de mauvaises surprises. Si seulement il avait mis leur entourage au courant, s'était dit A.J. dans la salle d'attente de la morgue, il aurait au moins savouré un grand moment de bonheur avant d'entamer cette longue période de… aucun mot ne lui venait pour qualifier *cela*.

— Non, elle n'était pas suicidaire. (A.J. marqua un temps.) Je dirais plutôt qu'elle conduisait très mal et refusait de l'admettre.

— Oui, concéda le policier. Ce n'est la faute de personne.

— Les gens adorent cette phrase, rétorqua A.J. Mais il y a bien un responsable dans cette affaire et c'est elle. Que c'est idiot et mélodramatique de sa part ! Une péripétie tout juste digne de Danielle Steel, Nic ! S'il s'agissait d'un roman, j'arrêterais de le lire sur-le-champ. Je le balancerais à travers la pièce.

Le policier – qui ne lisait pas grand-chose, en dehors des poches grand public du type Jeffery Deaver pendant ses vacances – tenta de revenir aux faits.

— C'est vrai. La librairie vous appartient.

— À ma femme et moi, précisa A.J. sans réfléchir. Oh, nom de Dieu ! Je réagis comme ces stupides personnages qui oublient la mort de leur épouse et disent « nous ». Pathétique !

Il s'interrompit brièvement pour lire le badge du policier.

— Lambiase. Vous et moi, nous sommes les protagonistes d'un mauvais roman. Vous en êtes conscient ? Comment diable en sommes-nous arrivés là ? Vous vous dites sûrement « pauvre couillon », et ce soir, vous étreindrez vos enfants plus fort que d'habitude comme le font les personnages de ce genre de roman. Vous voyez à quel genre je fais allusion, n'est-ce pas ? Aux super-fictions qui se donnent des airs faulkneresques en consacrant certains passages aux personnages secondaires… Voyez combien l'auteur se soucie des petites gens ! Du commun des mortels ! Il doit montrer une telle empathie ! Il n'y a qu'à voir votre nom. Lambiase est le patronyme idéal pour un flic stéréotypé du Massachusetts. Êtes-vous raciste, Lambiase ? Parce que votre personnage est censé l'être.

— Monsieur Fikry, commença l'agent, y a-t-il quelqu'un que je puisse contacter pour vous ?

Il se comportait en bon policier, habitué aux réactions variées des victimes. Il posa sa main sur l'épaule du libraire.

— Voilà ! C'est exactement le genre d'attitude qu'on attend de vous dans ce type de situation. Vous jouez votre rôle à merveille. Sauriez-vous ce que doit faire le veuf ensuite ?

— Appeler quelqu'un.

— Oui, vous avez sans doute raison. Mais j'ai déjà prévenu ma belle-famille. Si nous étions dans une nouvelle, notre conversation serait déjà terminée. Une petite chute ironique et rideau ! Voilà pourquoi il n'y a rien de plus élégant que la nouvelle en littérature, agent Lambiase. Dans une œuvre de Raymond Carver, vous me consoleriez un peu, les ténèbres s'installeraient et tout serait fini. Mais ça… me fait davantage penser à un roman finalement. Sur le plan émotionnel, j'entends. Il me faudra du temps pour m'en remettre. Vous comprenez ?

— Je n'en suis pas sûr, vu que je n'ai jamais lu

Raymond Carver, reconnut l'agent Lambiase. J'aime Lincoln Rhyme. Vous connaissez ?

— Le criminologue tétraplégique. Un roman correct du genre. Mais avez-vous déjà lu des nouvelles ?

— À l'école, j'imagine. J'ai dû lire des contes. Ou, euh… *Le Poney rouge* ? Je crois qu'il était au programme.

— Ça, c'est un court roman.

— Ah, pardon. Je… Attendez, je me souviens. Au lycée, on nous en avait donné une à lire. Le héros était un policier. Un truc genre crime parfait, c'est sans doute ce qui m'a marqué. Le flic est tué par sa femme. Elle s'est servie d'une pièce de bœuf congelée qu'elle a ensuite servie…

— *Coup de gigot*, devina A.J. C'est le titre du texte. L'arme du crime est un gigot.

— Exactement ! s'enthousiasma le policier. Vous connaissez votre boulot.

— Il s'agit d'une œuvre très célèbre. Ma belle-famille ne devrait plus tarder. Excusez-moi de vous avoir qualifié de personnage secondaire et accessoire. C'était grossier de ma part. Et jusqu'à preuve du contraire, c'est moi le personnage secondaire dans la plus grande saga de l'agent Lambiase. Un policier fait un meilleur héros qu'un simple libraire. Vous, monsieur, représentez un genre à part entière.

— Mmmh, vous avez sans doute raison. Si l'on en revient à notre conversation, l'histoire de la viande me pose un problème d'ordre chronologique. Tenez, elle met le rôti…

— Le gigot.

— Le gigot. Donc elle assassine le type avec un gigot avant de mettre directement la viande au four sans même la décongeler. Je ne suis pas Rachael Ray[1], mais…

Nic avait déjà commencé à geler au moment où on avait sorti sa voiture de l'eau. Allongée dans le tiroir de la morgue, elle avait les lèvres bleues. En la voyant, A.J. avait repensé à la fois où elle avait mis un rouge à lèvres noir à la soirée qu'elle avait organisée pour la sortie d'un bouquin de bit-lit. Il se fichait de voir des adolescentes idiotes se pavaner en robe de bal dans Alice Island, mais Nic – qui avait bien aimé ce satané roman de vampires et son auteur – avait insisté pour lancer un bal de promo sur ce thème en prétextant que ce serait amusant et bon pour les affaires.

— S'amuser, tu te rappelles le sens de ce mot, n'est-ce pas ?

— Vaguement, avait-il répondu. Il y a des lustres, bien avant de devenir libraire, à l'époque où j'avais des week-ends et des nuits pour moi seul, où je lisais pour le plaisir, je me souviens de m'être amusé. J'en ai donc un vague souvenir, oui.

— Laisse-moi te rafraîchir la mémoire. S'amuser revient à partager toutes ses journées de travail avec sa jolie femme, brillante et facile à vivre.

Il la revoyait avec sa moue aguicheuse et sa ridicule robe de satin noir, son bras droit enroulé autour de la colonne de l'entrée.

— Pour mon malheur, mon épouse a été transformée en vampire.

— Pauvre A.J., avait-elle lâché en l'embrassant,

1. Célèbre chef et animatrice de télévision américaine.

lui laissant une trace de rouge à lèvres pareille à un hématome. Tu n'as plus qu'à devenir un vampire à ton tour. N'essaie pas de résister, ce serait pire. Détends-toi, binoclard. Invite-moi plutôt à entrer.

Un Diamant gros comme le Ritz

1922/F. Scott Fitzgerald

Techniquement parlant, il s'agit d'un court roman. Mais ce genre s'inscrit dans un entre-deux. Au cas où tu tomberais sur des gens attachés à ce type de nuance – j'ai été l'un d'entre eux –, il vaut tout de même mieux que tu saches faire la différence. (Tu risques d'en croiser beaucoup si tu intègres une grande université. Arme-toi de savoir face à ce bataillon de prétentieux. Mais voilà que je digresse.) Selon la définition qu'en donne E.A. Poe, la nouvelle se lit d'une traite. J'imagine que cette traite prenait plus de temps à son époque. Enfin, revenons à nos moutons.*

C'est une histoire fantaisiste et astucieuse qui aborde les difficultés à posséder une ville en diamants, et les extrémités auxquelles se livrent les riches pour conserver leur train de vie. Du grand Fitzgerald ! Gatsby le Magnifique *est incontestablement remarquable mais l'auteur a beaucoup soigné ce court roman. On dirait presque un jardin de topiaires. L'art de la nouvelle lui pose plus de problèmes tout en lui laissant davantage de latitude. Je comparerais donc « Diamant » à une sorte de nain de jardin enchanté.*

Petite précision sur le choix de ce livre. Est-il nécessaire de rappeler qu'au moment de notre rencontre, j'avais, moi aussi, perdu quelque chose d'une grande valeur, ou du moins d'une certaine valeur ?

A.J.F.

* J'ai ma petite idée là-dessus. Sache qu'on peut recevoir une bonne éducation ailleurs qu'à l'école.

A.J. ne se rappelle pas s'être déshabillé ni couché, pourtant il se réveille dans son lit, en sous-vêtements. Il se souvient du décès de Harvey Rhodes, de s'être comporté comme un goujat avec la charmante représentante de Knightley, d'avoir balancé son poulet vindaloo sur le mur, de s'être servi un verre de vin et d'avoir porté un toast à *Tamerlan*. Mais ensuite, c'est le trou noir. De son point de vue, sa soirée a été une véritable réussite.

Il a mal au crâne. Il entre dans le séjour où il s'attend à trouver des restes de poulet vindaloo un peu partout. Le sol et les murs sont immaculés. A.J. sort une aspirine du placard et se félicite intérieurement d'avoir pensé à nettoyer les dégâts avant d'aller se coucher. Il s'assoit à la table de la salle à manger et remarque que la bouteille de vin a été rangée elle aussi. Comment a-t-il pu être aussi rigoureux ? Néanmoins, ce ne serait pas la première fois. Un vrai alcoolo, voilà ce qu'il est. A.J. regarde en face de lui, à l'endroit où il avait posé *Tamerlan* la veille. Le livre a disparu. Peut-être a-t-il seulement imaginé le retirer de la vitrine ?

En traversant la pièce, son cœur s'emballe, en écho au martèlement dans sa tête. De là où il se trouve, il constate que le cercueil de verre fermé par un verrou à code qui protège l'ouvrage du monde extérieur est grand ouvert et vide.

Il enfile sa robe de chambre et ses baskets qui n'ont pas beaucoup servi ces derniers temps.

A.J. descend Captain Wiggins Street en courant, son peignoir écossais défraîchi vole derrière lui. On dirait un super-héros famélique et dépressif. Il bifurque sur Main Street et fonce vers le commissariat endormi d'Alice.

— On m'a cambriolé ! hurle-t-il. (Malgré la petite distance parcourue, il est très essoufflé.) Aidez-moi !

A.J. s'efforce de ne pas trop ressembler à une petite vieille à qui on a volé son sac.

Lambiase pose sa tasse de café et reçoit le type bouleversé qui vient de débouler en robe de chambre. Il le reconnaît tout de suite : il s'agit du libraire qui a perdu sa femme dans un accident. Ils avaient repêché sa voiture dans le lac un an et demi plus tôt. A.J. paraît beaucoup plus vieux que la dernière fois qu'il l'a vu, un changement surprenant mais prévisible.

— Très bien, monsieur Fikry, racontez-moi ce qui s'est passé.

— Quelqu'un m'a dérobé *Tamerlan*.

— Qu'est-ce que *Tamerlan* ?

— C'est un livre. Un livre de grande valeur.

— Si je comprends bien, vous venez déclarer un vol à l'étalage dans votre librairie.

— Non. Cet ouvrage faisait partie de ma collection personnelle. C'est une édition très rare des poèmes d'Edgar Allan Poe.

— C'est quoi… votre livre préféré ?

— Mais non, pas du tout. C'est une œuvre mineure, complètement immature… mais… (A.J. hyperventile.) et merde !

— Calmez-vous, monsieur Fikry. Je cherche simplement à comprendre. Vous n'appréciez pas ce livre, mais il a une valeur sentimentale ?

— Non, aucune. Il représente beaucoup d'argent. C'est un peu l'équivalent de la carte Honus Wagner dans le domaine des livres rares. Vous voyez ce que je veux dire ?

— Évidemment, mon père collectionnait les cartes de baseball. C'est précieux à ce point ?

A.J. n'arrive pas à formuler ses phrases assez vite.

— Il s'agit de la première œuvre d'Edgar Allan Poe. Il l'a écrite à dix-huit ans. La première édition, publiée anonymement, se limitait à cinquante exemplaires. D'après la couverture, l'auteur n'est pas Edgar Allan Poe mais un Bostonien. Cet ouvrage est coté près de 400 000 dollars selon son état de conservation et le cours du marché des livres rares. Je pensais attendre que la conjoncture économique s'améliore pour le mettre aux enchères, dans deux ou trois ans. J'avais prévu de fermer la librairie et de prendre ma retraite avec l'argent qu'il m'aurait rapporté.

— Pardonnez-moi cette question, mais pourquoi avoir conservé ce livre chez vous au lieu de le mettre dans un coffre à la banque ?

A.J. secoue la tête.

— Je ne sais pas. Par bêtise, sans doute. J'imagine que j'aimais l'avoir sous la main, pouvoir le feuilleter et ainsi me rappeler que j'étais libre de rendre mon tablier à tout moment. Il était rangé dans une vitrine fermée par un verrouillage à code. Je le croyais en lieu sûr.

Lambiase acquiesce. À sa décharge, les voleurs se font rares à Alice, en dehors de la période estivale. Et on est en octobre.

— A-t-on forcé la vitrine ? Quelqu'un connaissait-il la combinaison ?

— Ni l'un ni l'autre. Je voulais m'enivrer hier soir. C'est absurde mais je l'ai sorti pour le regarder. J'avais besoin de compagnie, sans doute.

— Monsieur Fikry, *Tamerlan* est-il assuré ?

Le libraire se prend la tête entre les mains. Lambiase considère ça comme un non.

— J'ai trouvé ce livre il y a un an à peine, peu de temps après la mort de ma femme. Je n'avais pas envie de gaspiller de l'argent pour l'assurer. Je n'ai jamais pris le temps de m'en occuper, enfin je ne sais pas. Avec le recul, je pourrais vous fournir un milliard de raisons idiotes de ne pas l'avoir fait, agent Lambiase, la principale étant que je suis un imbécile.

Le policier décide de laisser couler, de ne pas lui signaler qu'il faut l'appeler capitaine, à présent.

— Voilà comment je vais procéder. D'abord, vous et moi allons remplir une déclaration de vol. Ensuite, dès l'arrivée de mon inspecteur – elle ne travaille qu'à mi-temps pendant la morte-saison –, je l'enverrai chez vous pour qu'elle s'occupe du relevé d'empreintes et cherche d'autres indices. Peut-être qu'elle trouvera quelque chose. Nous pouvons également contacter les salles de vente aux enchères ainsi que des marchands d'art. S'il s'agit d'un livre rare, il ne pourra pas passer inaperçu. Ces ouvrages ne sont-ils pas accompagnés d'un… comment on dit déjà ?

— Un certificat d'origine.

— Exactement. Ma femme regardait souvent *Antiques Roadshow*[1]. Vous avez déjà vu cette émission ?

A.J. ne répond pas.

— Une dernière question. Qui était au courant de l'existence de ce livre ?

Il renifle.

— Tout le monde. La sœur de ma femme, Ismay, enseigne au lycée. Elle s'inquiète pour moi depuis que Nic… Elle me tanne sans arrêt pour sortir de la librairie, quitter l'île. Il y a un an environ, elle m'a traîné dans une vente assommante à Milton. L'ouvrage était rangé dans une boîte avec une cinquantaine d'autres livres, tous sans valeur. Sauf *Tamerlan*. Je l'ai payé 5 dollars. Les propriétaires n'avaient aucune idée de ce qu'ils vendaient. Si vous voulez tout savoir, je me suis senti un peu minable en le leur achetant. Quoique cela importe peu aujourd'hui. Enfin, Ismay m'a conseillé de le mettre en vitrine, à titre pédagogique, commercial, ou je ne sais trop quelle autre raison débile. J'ai donc exposé l'ouvrage durant tout l'été de l'année dernière. Mais vous ne venez jamais à la librairie, j'imagine.

Lambiase s'abîme dans la contemplation de ses chaussures, une réaction typique chez des milliers de lycéens américains. De toute évidence, il regrette de ne pas s'être acquitté des quelques lectures obligatoires.

— Je ne suis pas un grand lecteur.

1. Émission de télévision britannique, invitant les téléspectateurs à montrer leurs objets anciens ou articles de collection à des experts, pour les faire évaluer.

— Mais il vous arrive de lire des romans policiers, non ?

— Vous avez une bonne mémoire, commente Lambiase.

En matière de goûts littéraires, A.J. a effectivement une mémoire d'éléphant.

— C'était un Deaver, non ? Dans ce cas, je vous recommande ce nouvel auteur qui…

— Oui, je passerai bientôt. Puis-je contacter quelqu'un pour vous ? Votre belle-sœur s'appelle Ismay Evans-Parish, non ?

— Ismay trav…

A.J. se fige, regard vide, bouche bée. On dirait qu'on l'a mis sur pause.

— Monsieur Fikry.

Pendant près de trente secondes, A.J. reste pétrifié, puis il reprend le fil de la conversation comme si de rien n'était.

— Ismay travaille et je vais bien. Inutile de l'appeler.

— Vous avez déconnecté près d'une minute, lui signale Lambiase.

— Comment ?

— Vous… vous êtes comme absenté.

— Oh, bon sang ! Ce n'est rien. Ça m'arrivait très souvent, enfant. Moins maintenant, mais ça revient en cas de stress inhabituel.

— Vous devriez consulter.

— Non, ça va, je vous assure. Je tiens juste à retrouver mon livre.

— Ça me rassurerait, insiste le policier. Vous avez vécu une matinée bouleversante, et je sais que vous vivez seul. Je vous dépose à l'hôpital et je demanderai à votre belle-famille de vous y retrouver. Mais avant, je vais mettre mes hommes sur l'affaire du vol de votre livre.

*

* *

À l'hôpital, A.J. attend, remplit des formulaires, patiente, se déshabille, attend, subit une batterie de tests, patiente, se rhabille, attend, se soumet à d'autres examens médicaux, patiente, ôte à nouveau ses vêtements, avant d'être enfin reçu par une généraliste quinquagénaire. Ses absences ne semblent pas l'inquiéter outre mesure. Ses analyses, en revanche, ont révélé une pression artérielle et un taux de cholestérol plutôt élevés pour un homme de son âge. Le médecin interroge A.J. sur son mode de vie. Il lui répond sans détour :

— Je ne suis pas ce que vous appelez un alcoolique, mais j'aime bien me soûler au moins une fois par semaine. Je fume de temps en temps et me nourris exclusivement de plats surgelés. Je ne suis pas un grand adepte du fil dentaire. Avant, j'étais coureur de fond, mais aujourd'hui je ne fais plus du tout d'exercice. Je vis seul et n'ai pas d'amis dignes de ce nom. Et depuis la mort de ma femme, je déteste aussi mon boulot.

— Ah ! Et c'est tout ? demande la généraliste. Vous êtes encore jeune, monsieur Fikry, mais il ne faut pas trop tirer sur la corde. Si vous cherchez la mort, il existe d'autres moyens plus expéditifs de parvenir à vos fins. Voulez-vous mourir ?

La réponse ne coule pas de source pour A.J.

— Parce que dans ce cas, je peux vous orienter vers le service psychiatrique.

— Je ne tiens pas à mourir, finit-il par dire au bout de quelques secondes. J'ai simplement du mal à être là tout le temps. Croyez-vous que je sois fou ?

— Non, je comprends votre sentiment. Vous traversez une période difficile. Commencez par reprendre l'exercice, cela vous fera du bien.

— D'accord.

— Votre épouse était charmante. J'avais participé au club de lecture mère-fille qu'elle avait organisé à la librairie. Ma fille travaille d'ailleurs toujours pour vous, à mi-temps.

— Molly Klock ?

— Elle porte le nom de mon compagnon. Quant à moi, je suis le Dr Rosen, dit-elle en tapotant son badge.

*

* *

Dans le hall d'entrée, A.J. assiste à une scène familière.

— Sans vouloir abuser…

Une infirmière en blouse rose tend un livre de poche écorné à un homme vêtu d'une veste en velours côtelé avec des empiècements en cuir aux coudes.

— J'en serais ravi, lui répond Daniel Parish. Comment vous appelez-vous ?

— Jill, comme dans la comptine, *Jack et Jill montèrent sur la colline* et Macy, comme le magasin. J'ai lu tous vos romans, mais celui-ci est mon préféré. Et de loin.

— C’est l’avis du public, Jill de la colline.

Daniel ne plaisante pas. Aucun de ses livres ne s’est aussi bien vendu que le premier.

— Je… Je ne saurais exprimer tout ce qu’il représente pour moi. Voyez, rien que d’y penser, j’ai les larmes qui montent. (Elle incline la tête et baisse les yeux avec la déférence d’une geisha.) C’est après l’avoir lu que j’ai décidé de devenir infirmière. Je viens de commencer ici. Depuis que j’ai appris que vous habitiez en ville, j’espère vous croiser un jour à l’hôpital.

— Vous souhaitiez donc me voir tomber malade ? lance-t-il avec un sourire.

— Bien sûr que non ! (Elle rougit puis lui tape le bras.) Vous, alors ! Vous êtes incorrigible !

— C’est bien vrai.

La première fois que Nic avait rencontré Daniel Parish, elle s’était fendue d’un commentaire sur sa gueule de présentateur de journal local. Après l’avoir déposé chez lui en voiture, elle avait changé d’avis.

— Il a de trop petits yeux pour présenter les infos. Il serait mieux en Monsieur Météo.

— Il a la voix qui porte, avait ajouté A.J.

— Si on était coincé sous la pluie, il lui suffirait de dire que l’orage est terminé pour qu’on le croie sur parole.

A.J. interrompt la séance de séduction.

— Dan ! s’écrie-t-il. Je croyais qu’ils avaient appelé ta femme.

Le libraire ne fait pas dans la dentelle.

Daniel s’éclaircit la voix.

— Elle n’est pas dans son assiette, alors je suis venu à sa place. Comment tu te sens, mon vieux ?

Il a beau avoir cinq ans de plus que lui, Daniel adore appeler A.J. « mon vieux ».

— J'ai perdu toute ma fortune et le médecin m'annonce que je vais mourir, mais à part ça, je suis en pleine forme.

Les sédatifs lui ont permis de prendre du recul.

— Super. Allons nous chercher quelque chose à boire.

Daniel pivote vers l'infirmière, puis lui glisse quelques mots à l'oreille. Il lui rend son exemplaire dédicacé et A.J. remarque que son beau-frère y a glissé son numéro de téléphone.

— Viens, monarque du vin[1] ! lâche Daniel en se dirigeant vers la sortie.

A.J. a beau adorer les livres et tenir une librairie, il se fiche un peu des écrivains. Il les trouve négligés, narcissiques, idiots et globalement désagréables. Craignant d'être déçu et de revoir son jugement sur une œuvre, il évite de rencontrer les auteurs des romans qui lui ont plu. Heureusement qu'il n'aime pas particulièrement ceux de Daniel, pas même le premier, un succès populaire. Quant à l'homme ? Eh bien, il amuse A.J. jusqu'à un certain point. En d'autres termes, il s'agit d'un de ses amis les plus proches.

*
* *

— C'est ma faute, déclare A.J. après sa deuxième bière. J'aurais dû contracter une assurance, ou le

1. Référence à la pièce *Antoine et Cléopâtre* de William Shakespeare.

mettre au coffre. Et pas le sortir alors que j'étais soûl. Peu importe qui l'a volé, j'ai une part de responsabilité dans cette affaire.

Le mélange d'alcool et de sédatifs l'a détendu et rendu philosophe. Daniel saisit le pichet et lui sert un autre verre.

— Arrête de te flageller, A.J.

— Il faut le voir comme un avertissement. Je dois réduire ma consommation d'alcool.

— Après cette bière, précise Daniel, avec malice.

Ils font teinter leurs chopes. Une lycéenne entre dans le bar. Elle porte un short en jean si court que ses fesses en dépassent. Daniel lève son verre vers elle.

— Jolie tenue !

La jeune fille répond au compliment par un doigt d'honneur.

— Il faut que tu arrêtes de picoler et moi de tromper Ismay, reprend Daniel. Mais quand je vois passer un short comme celui-là, ma résolution en prend un coup. Quelle soirée insensée ! L'infirmière et maintenant, cette paire de fesses !

A.J. sirote sa bière.

— Comment se présente ton prochain roman ?

— Bof, ce sera un livre avec des pages et une couverture, une intrigue avec des personnages, des rebondissements. Il reflétera des années de réflexion, de fignolage et de pratique de mon art. Pour toutes ces raisons, il connaîtra sûrement moins dc succès que mon premier roman, écrit à l'âge de vingt-cinq ans.

— Pauvre salaud, commente A.J.

— Je suis sûr que tu remporteras la palme du pauvre salaud de l'année, mon vieux.

— Quelle chance !

— Poe est un piètre écrivain, tu sais ? Et *Tamerlan* est la pire de ses œuvres. Un plagiat assommant de Lord Byron. Si encore il s'agissait de la première édition d'un ouvrage digne de ce nom. Tu devrais te réjouir d'en être débarrassé. Je déteste les livres de collection, de toute façon. Pourquoi s'extasier devant de simples carcasses en papier ? Seuls importent les idées, les mots, mon pote, conclut Daniel Parish.

A.J. termine sa bière.

— Et vous, monsieur, vous êtes un imbécile.

*

* *

L'enquête dura un mois, ce qui correspond à une année entière pour la police d'Alice. Lambiase et son équipe ne trouvèrent aucune preuve tangible sur la scène de crime. En plus d'avoir jeté la bouteille de vin et nettoyé les restes de poulet vindaloo, le criminel avait, de toute évidence, effacé ses empreintes. Les enquêteurs interrogèrent les employés d'A.J. ainsi que ses quelques amis et connaissances à Alice. Ces entretiens ne menèrent nulle part. Aucun bouquiniste, aucune salle des ventes ne reporta l'apparition d'un exemplaire de *Tamerlan.* (En général, celles-ci font preuve de discrétion sur ces affaires.) L'enquête fut déclarée non élucidée. Le livre a disparu et A.J. sait qu'il ne le reverra jamais.

La vitrine ne lui sert donc plus à rien à présent et il ne sait pas trop quoi en faire. A.J. ne possède aucun autre ouvrage de valeur. Et pourtant ce cercueil de verre lui a coûté la coquette somme de 500 dollars. Peut-être pourrait-il abriter bientôt un objet plus précieux, qui sait, lui souffle une petite voix optimiste. Au moment de l'acheter, le vendeur l'avait informé qu'elle pouvait aussi servir de cave à cigares.

Maintenant que le départ en retraite n'est plus d'actualité, A.J. recommence à lire des épreuves, à répondre aux mails, à décrocher son téléphone et même à rédiger des notes de lecture. Le soir, après la fermeture, il fait un footing. La course à pied pose plusieurs problèmes dont un majeur : on n'a pas de poche où ranger ses clés. Finalement, A.J. décide de ne pas fermer sa porte d'entrée, après tout, il n'y a plus rien à voler chez lui.

The Luck of Roaring Camp[1]

1868/Bret Harte

Une histoire à l'eau de rose sur la population d'une exploitation minière qui adopte un bébé et le surnomme « Chance ». Je n'ai pas été bouleversé lorsque je l'ai lu pour la première fois à Princeton, dans le cadre d'un séminaire intitulé Littérature de l'Ouest américain. Ma fiche de lecture datée du 14 novembre 1992 soulignait la seule qualité que je trouvais à cet ouvrage : les noms des personnages, hauts en couleur : Stumpy[2]*, Kentuck, French Pete, Cherokee Sal, etc. Il y a quelques années, je suis retombé par hasard sur* The Luck of Roaring Camp *et j'ai tant pleuré que mon édition poche Dover est toute gondolée de larmes. Il me semble que je m'attendris en prenant de l'âge. Ce type de réaction prouve aussi qu'il y a un moment pour tout. Souviens-toi, Maya : les choses qui nous émeuvent à vingt ans ne sont pas forcément celles qui nous touchent à quarante et vice versa. C'est valable pour les livres comme dans la vie.*

A.J.F.

1. *La chance du camp qui gronde.*
2. Courtaud.

Au cours des semaines qui suivent le cambriolage, la Librairie de l'île enregistre une légère, mais statistiquement improbable, hausse de ses ventes. A.J. l'attribue à un indice économique méconnu : la curiosité du citadin.

Un citadin bien intentionné (CBI) se faufile jusqu'au bureau pour demander : « Des nouvelles de *Tamerlan* ? » [Traduction : *Puis-je m'amuser de votre énorme perte personnelle ?*]

A.J. répond : « Pas encore. » [Traduction : *Ma vie est toujours fichue*.]

CBI : Je suis certain qu'on trouvera quelque chose. [Traduction : *Dans la mesure où je n'ai aucun intérêt personnel dans cette affaire, ça ne me coûte rien de faire preuve d'optimisme.*] Quelles sont les nouveautés que je n'ai pas encore lues ?

A.J. : Nous en avons quelques-unes. [Traduction : *À peu près tout. Vous n'avez pas mis les pieds ici depuis des mois, peut-être même des années*.]

CBI : J'en ai repéré une dans la rubrique livre du *New York Times*. Un roman avec une couverture rouge, je crois ?

A.J. : Oui, ça me dit quelque chose. [Traduction : *C'est plutôt mince. Le titre, le nom de l'auteur, un résumé de l'intrigue constitueraient des indices plus utiles. Une couverture rouge et un article dans le* New York Times *ne m'aident pas beaucoup.*] Auriez-vous d'autres détails à me donner ? [*N'importe quoi fera l'affaire, au point où nous en sommes.*]

A.J. le ou la conduit ensuite vers le rayon des nouveautés et s'assure qu'il ou elle lui achète un grand format.

Bizarrement, la mort de Nic avait eu l'effet inverse sur les affaires. Bien qu'il ouvrît et fermât avec la régularité impassible d'un officier SS, il enregistra, au cours du trimestre qui suivit, les pires ventes de l'histoire du magasin. Les clients éprouvèrent de la compassion pour lui, bien sûr, mais trop. Nic était originaire de cette ville, elle était l'une des leurs. Ils avaient été touchés de voir la jeune diplômée de Princeton (sortie major de son lycée) revenir à Alice pour ouvrir une librairie avec son mari, le type sérieux. Pour une fois qu'un jeune revenait au bercail ! Lorsqu'elle mourut, ils s'aperçurent qu'ils n'avaient rien en commun avec A.J., à l'exception de son deuil. Lui reprochaient-ils sa mort ? Certains peut-être. Pourquoi n'avait-il pas raccompagné lui-même l'auteur chez lui ce soir-là ? Ils se réconfortaient les uns les autres et, en se défendant d'être racistes, murmuraient que cet étranger leur avait toujours paru un peu bizarre ; on voyait bien qu'il n'était pas d'ici. (Il était né dans le New Jersey.) Ils retenaient leur souffle en passant devant la librairie, comme à l'approche d'un cimetière.

En prenant leur carte de crédit, A.J. se dit que le vol

constitue une perte socialement acceptable, contrairement au deuil qui isole. En décembre, les ventes retrouvèrent leur rythme de croisière, celui d'avant le cambriolage.

Quinze jours avant Noël, un vendredi soir, juste avant de fermer, A.J. fait un tour pour chasser ou encaisser les derniers clients. Un homme affublé d'un imposant manteau s'agite autour des dernières aventures d'Alex Cross.

— 26 dollars, ça fait une sacrée somme. Vous savez que je peux l'avoir pour beaucoup moins sur Internet ? (A.J. acquiesce en le reconduisant vers la porte.) Vous devriez songer sérieusement à baisser vos prix si vous voulez rester dans la course.

— Baisser mes prix ? Baisser… Mes… Prix. Je n'y avais encore jamais pensé, répond doucement A.J.

— Dois-je prendre votre réponse pour de l'insolence, jeune homme ?

— Non, de la reconnaissance. À la prochaine réunion des actionnaires du magasin, je m'empresserai d'exposer votre proposition révolutionnaire. Je sais que nous devons rester compétitifs. Entre nous, au début des années 2000, nous avions ignoré la concurrence pendant un certain temps. J'estimais que c'était une erreur, mais le conseil avait décrété que la compétitivité concernait davantage les athlètes olympiques, les enfants inscrits aux concours d'orthographe, et les fabricants de céréales. Aujourd'hui, je suis heureux de vous informer que la Librairie de l'île est plus que jamais dans la course. Maintenant, le magasin ferme, conclut-il en désignant la sortie.

Tandis que l'imposant manteau se dirige vers la sortie en ronchonnant, une vieille dame entre dans un grincement de porte. Il s'agit d'une habituée, aussi A.J. s'efforce-t-il de masquer son agacement en la voyant débouler après les horaires d'ouverture.

— Ah, madame Cumberbatch, lance-t-il. Malheureusement, nous fermons.

— Monsieur Fikry, ne me faites pas votre regard à la Omar Sharif. Je suis furieuse contre vous. (Elle le bouscule pour aller jeter un livre sur le comptoir.) Le roman que vous m'avez conseillé hier est le pire que j'ai jamais lu en quatre-vingt-deux ans. Je souhaiterais être remboursée.

Les yeux du libraire vont de la vieille au livre.

— Quel est le problème ?

— *Les* problèmes, vous voulez dire, monsieur Fikry. Pour commencer, la narratrice n'est autre que la mort. Croyez-vous qu'il soit agréable pour une femme de quatre-vingt-deux ans comme moi de lire le monologue de la mort sur cinq cent cinquante-deux pages ? J'estime que c'est bien cruel de votre part de me l'avoir vendu.

A.J. lui présente ses excuses, mais ne se sent aucunement désolé. Qu'est-ce que croient ces clients qui veulent acheter un livre avec la garantie qu'il va leur plaire ? Il enregistre le retour. La cliente a cassé le dos de l'ouvrage. Il ne pourra jamais le remettre en rayon.

— Madame Cumberbatch, dit-il alors, il me semble que vous aviez bien avancé votre lecture. Je me demande jusqu'où vous êtes allée.

— Oui, je l'ai lu, réplique-t-elle. Certainement. Il m'a maintenue éveillée toute la nuit, tellement j'étais énervée. Les nuits blanches ne sont plus de mon âge. Ni les seaux de larmes que m'a tirés ce bouquin.

Tâchez de vous en souvenir la prochaine fois que vous me recommanderez un roman, monsieur Fikry.

— C'est noté, répond-il. Et je vous renouvelle mes excuses, madame Cumberbatch. La plupart de nos clients ont adoré *La Voleuse de livres*.

*

*   *

Une fois qu'il a fermé boutique, A.J. monte chez lui pour se changer et enfiler son jogging.

A.J. avait fait de la course à pied dans l'équipe de son lycée et plus tard à Princeton. N'étant pas particulièrement doué pour les autres disciplines (à l'exception de la lecture), il avait choisi le cross-country qui, selon lui, n'exigeait pas de talent particulier. Son entraîneur au lycée lui avait attribué un qualificatif très romantique : celui de médiocre assidu. En d'autres termes, il estimait qu'on pouvait compter sur A.J. pour terminer toujours dans la moyenne, quel que soit son groupe. Lui qui n'a plus couru depuis longtemps est bien forcé d'admettre que la course demande un certain talent. Vu sa forme physique, il ne peut pas faire plus de trois kilomètres d'une traite. Rares sont les fois où il parcourt plus de huit kilomètres au total et son dos, ses jambes, en fait toutes les parties de son corps le font souffrir. Autrefois, A.J. courait en ruminant des tas d'idées ; aujourd'hui la douleur monopolise tout son esprit.

Vers la fin de son parcours, il commence à neiger. A.J. veut éviter de tout salir chez lui, il ôte ses baskets sous le porche et s'appuie contre la porte d'entrée qui s'ouvre à la volée. Il sait qu'il ne l'a pas fermée à clé, mais il est à peu près sûr de ne pas l'avoir laissée ouverte. A.J. presse l'interrupteur. Rien ne semble avoir été déplacé. La caisse paraît intacte. C'est sans doute le vent qui aura poussé le battant. Il éteint les lumières et s'apprête à monter l'escalier quand il perçoit un cri aigu pareil à celui d'un oiseau. Puis un deuxième, plus insistant, celui-ci.

A.J. rallume, retourne vers l'entrée, puis parcourt les allées de la librairie dans un sens et dans l'autre jusqu'au dernier rayon, peu fourni, celui pour enfants et jeunes adultes. Un bébé est assis par terre avec un exemplaire ouvert de *Max et les Maximonstres* sur les genoux – l'un des rares ouvrages illustrés du magasin. *C'est un grand bébé*, se dit A.J. Pas un nouveau-né. Il ne saurait pas lui donner d'âge car il n'a jamais côtoyé d'autres enfants que lui-même. A.J. était le petit dernier et Nic et lui n'avaient pas eu le temps de pouponner. Le bébé porte un anorak rose. Sa tête est garnie d'une abondante chevelure châtain bouclée, il a les yeux bleu nuit et la peau mate, un ou deux tons plus clairs que celle d'A.J. Cette petite chose est assez mignonne.

— Qui diable es-tu ? lui demande-t-il.

Sans raison apparente, elle arrête de pleurer pour lui sourire.

— Maya.

Pas si sorcier, se dit le libraire.

— Quel âge as-tu ?

Maya montre deux doigts.

— Deux ans ?

La fillette sourit à nouveau et lui tend les bras.

— Où est ta maman ?

Maya fond en larmes, les bras toujours ouverts. Ne

voyant pas quoi faire d'autre, A.J. la prend contre lui. Elle doit peser au moins autant qu'un carton de vingt-quatre livres reliés, assez lourd pour lui briser le dos. Le bébé passe ses mains autour de son cou et A.J. remarque qu'elle sent plutôt bon, le talc ou l'huile pour bébés. Il ne s'agit manifestement pas d'une gamine négligée ou maltraitée. Elle est sympathique, bien habillée et ne réclame rien d'autre qu'un peu d'affection. La propriétaire de ce paquet ne tardera sûrement pas à se manifester avec une très bonne excuse. Une panne de voiture, par exemple ? À moins que la mère n'ait été victime d'une soudaine intoxication alimentaire. À l'avenir, il lui faudra reconsidérer sa politique consistant à ne pas verrouiller sa porte. Il avait envisagé qu'on puisse lui voler quelque chose, mais pas qu'on puisse lui laisser quelque chose.

Elle resserre son étreinte. Par-dessus son épaule, A.J. aperçoit une peluche Elmo assise sur le sol avec un mot épinglé sur son torse de fourrure rouge. Le libraire pose l'enfant et ramasse Elmo, un personnage qu'il a toujours détesté. Cette bestiole lui a toujours semblé un peu grotesque.

— Elmo ! s'écrie la petite.

— En effet, confirme A.J. Elmo.

Il détache le morceau de papier, rend la peluche à Maya et lit :

À l'intention du propriétaire de cette librairie.

Voici Maya. Elle a vingt-cinq mois. C'est une petite fille douce et sage, TRÈS INTELLIGENTE, *qui parle remarquablement bien pour son âge. Je tiens à ce qu'elle grandisse entourée de livres et de gens pour lesquels la lecture compte. Je l'aime infiniment, mais je ne peux plus m'en occuper. Son père ne peut pas faire partie de sa vie, et je n'ai pas de famille qui puisse m'aider. Je suis désespérée.*

Bien à vous,

La mère de Maya

*

* *

Merde ! se dit A.J.

Maya se remet à pleurer.

Il reprend la petite. Elle a la couche pleine. A.J. n'a encore jamais changé un enfant, mais il est doué pour les paquets-cadeaux. Quand Nic était encore de ce monde, la librairie proposait d'emballer gratuitement les livres pour Noël ; il suppose que changer un bébé requiert le même type de compétence. Il y a un sac à côté de Maya et A.J. prie pour que ce soit un paquet de couches. Dieu merci, c'est le cas. Il la change par terre dans la librairie, en veillant à ne pas salir le tapis ni à regarder trop longtemps ses parties intimes. Le tout lui prend une bonne vingtaine de minutes. Les bébés remuent plus que les livres et sont moins faciles à manipuler. Maya le regarde faire la tête penchée, les lèvres pincées et le nez froncé.

— Désolé, Maya, mais ce n'était pas non plus une partie de plaisir pour moi. Plus vite, tu seras propre, plus vite, on sera débarrassé de cette corvée.

— Pardon, lui répond-elle, et A.J. se sent aussitôt pitoyable.

— Non, c'est moi qui te demande pardon. Je n'y connais rien en bébés. Je suis un sale con.

— Sale con, répète-t-elle en gloussant.

A.J. rechausse ses baskets, prend la petite, le sac et le message, puis fonce au commissariat.

*

* *

Le capitaine Lambiase est là, bien sûr. Son destin exige qu'il assiste à tous les grands moments de la vie d'A.J., on dirait. Ce dernier montre le bébé au policier.

— On a laissé ça dans ma librairie, chuchote-t-il pour ne pas réveiller la petite qui s'est endormie dans ses bras.

Lambiase est en train de manger un beignet, mais tâche de s'en cacher, conscient du cliché qu'il incarne. Il avale sa bouchée puis répond, sur un ton très professionnel :

— Oh. On dirait qu'il vous aime bien.

— Ce n'est pas mon bébé.

— À qui est-il ?

— À une cliente, j'imagine.

A.J. plonge la main dans sa poche et tend la feuille de papier à Lambiase.

— Eh bien ! La mère vous l'a donc confiée. (Maya ouvre les yeux et sourit au policier.) Elle est mignonne, hein ? (Lambiase se penche vers la petite qui lui tire les moustaches.) Qui a pris ma moustache ? dit-il avec une petite voix ridicule. Qui l'a volée ?

— Agent Lambiase, j'ai l'impression que cette affaire n'a pas l'air de vous inquiéter.

Le policier se redresse, puis s'éclaircit la voix.

— Bien. Alors, voilà le tableau. Il est 21 heures, un vendredi. Je vais passer un coup de fil aux services de protection de l'enfance, mais entre la neige, le week-end, et les horaires du ferry, je doute que quiconque vienne jusqu'ici avant lundi au plus tôt. Nous essaierons de retrouver la mère et le père aussi, au cas où cette petite polissonne serait recherchée.

— Maya, corrige l'enfant.

— C'est comme ça que tu t'appelles ? lui demande-t-il en reprenant une voix nasillarde. C'est un très joli prénom. Il faut que quelqu'un s'occupe d'elle pendant le week-end. Mes collègues et moi pourrions nous relayer pour la garder ici ou…

— Non, ça va, le coupe A.J. Un commissariat n'est pas un endroit pour un bébé.

— Vous vous y connaissez un peu en gamins ?

— C'est l'affaire d'un week-end. Ce ne doit pas être bien sorcier. En cas de problème, je contacterai ma belle-sœur. Et si elle n'a pas de réponse à mes questions, j'irai sur Google.

— Google, répète le bébé.

— Google, c'est un très gros mot, ça ! Hum, commente Lambiase. D'accord, je vous recontacterai lundi. Drôle de monde, pas vrai ? Un inconnu vous vole un livre et un autre vous laisse un bébé.

— Ha ! lâche A.J.

*

* *

Lorsqu'ils arrivent à l'appartement, Maya pleure à chaudes larmes, elle pousse des cris à mi-chemin entre une sirène de police et une alarme incendie. A.J. en déduit qu'elle a faim, mais ignore ce que mange une petite de vingt-cinq mois. Il soulève sa lèvre pour voir si elle a des dents. C'est le cas, et elle s'en sert pour essayer de le mordre. A.J. soumet sa question à Google : Comment nourrir une enfant de vingt-cinq mois ? Et la réponse tombe : la plupart d'entre eux devraient pouvoir manger la même chose que leurs parents. Google fait abstraction du fait qu'A.J. n'avale quasiment que des cochonneries. Son frigo contient une grande variété de plats surgelés, la plupart épicés. Il appelle alors sa belle-sœur à l'aide.

— Excuse-moi de te déranger, mais je me demandais… Qu'est-ce que je dois donner pour dîner à une enfant de vingt-cinq mois ?

— Pourquoi cette question ? s'enquiert Ismay.

Il lui explique qu'une cliente a abandonné son enfant dans sa librairie et sa belle-sœur lui réplique qu'elle arrive sur-le-champ.

— Tu es sûre ?

Elle est enceinte de six mois et A.J. n'a pas envie de la perturber.

— Tout à fait sûre. Je suis contente que tu m'aies appelée. Le grand romancier américain est en vadrouille et je n'arrive pas à dormir depuis quinze jours de toute façon.

Moins d'une demi-heure plus tard, Ismay déboule avec un sac plein de provisions dénichées dans sa propre cuisine : de quoi préparer une salade, des lasagnes au tofu et la moitié d'un crumble aux pommes.

— J'ai fait de mon mieux dans les meilleurs délais.

— Ne t'inquiète pas, c'est parfait, réplique A.J. Ma cuisine est une catastrophe.

— Une scène de crime, tu veux dire.

En voyant Ismay, la fillette se met à brailler.

— Sa mère doit lui manquer, suppose-t-elle. Peut-être que je la lui rappelle.

A.J. acquiesce alors qu'au fond, il pense que sa belle-sœur effraie Maya avec ses cheveux rouges hérissés, sa peau et ses yeux translucides, ses membres longs et filiformes. Ses traits sont un peu trop grossiers, ses gestes légèrement trop brusques. Enceinte, elle ressemble à un très beau Gollum. Même sa voix, devenue claire et puissante avec ses cours de théâtre, pourrait perturber un bébé. A.J. la connaît depuis quinze ans. Dès le départ, il s'est dit que sa belle-sœur vieillirait comme une actrice : passant de Juliette à Ophélie, puis à Gertrude pour finir en Hécate.

Ismay fait réchauffer le plat.

— Tu veux que je lui donne à manger ?

Maya dévisage la jeune femme, l'air suspicieux.

— Non, je vais essayer, déclare A.J. avant de se tourner vers la petite. Tu sais te servir de couverts ?

Aucune réponse.

— Tu n'as pas de chaise haute. Il va te falloir improviser de quoi l'asseoir en évitant qu'elle bascule.

Il installe Maya sur le sol, construit trois murs avec des piles d'épreuves et consolide sa forteresse avec des coussins.

La petite accepte la première cuillerée de lasagnes sans rechigner.

— Facile, commente A.J.

À la deuxième cuillerée, Maya tourne la tête au dernier moment, envoyant de la sauce un peu partout : sur A.J., les oreillers, et les montagnes d'épreuves. Puis, elle regarde A.J. avec un immense sourire, comme si elle n'avait jamais rien fait d'aussi drôle et intelligent.

— J'espère que tu n'avais pas prévu de les lire, lance Ismay.

Après le dîner, ils couchent Maya sur le futon de la chambre d'amis.

— Pourquoi ne l'as-tu pas tout simplement laissée au commissariat ?

— Ça ne me semblait pas approprié.

— Tu n'envisages pas de la garder avec toi, n'est-ce pas ? répond-elle en se caressant le ventre.

— Bien sûr que non. Je me contente de veiller sur elle jusqu'à lundi.

— Je suppose que, d'ici là, sa mère se sera manifestée ou aura changé d'avis.

A.J. lui tend le message qu'il a trouvé sur la peluche un peu plus tôt.

— Pauvre petite.

— Oui. Je n'aurais jamais pu faire une chose pareille, abandonner mon propre enfant dans une librairie.

Ismay hausse les épaules.

— La fille avait sans doute de bonnes raisons d'en arriver là.

— Qu'est-ce qui te fait dire que c'est une fille ? Il pourrait s'agir d'une quadragénaire au bout du rouleau.

— Le ton de la lettre sonne plutôt jeune, je dirais. L'écriture aussi. (Ismay passe sa main dans ses cheveux courts.) À part ça, tu tiens le coup ?

— Ça va, répond-il.

A.J. réalise que cela fait des heures qu'il n'a pensé ni à Nic, ni à *Tamerlan*.

Ismay s'occupe de la vaisselle malgré les protestations de son beau-frère.

— Je ne vais pas la garder, lui assure-t-il. Je vis seul. Je n'ai presque plus d'argent de côté et on ne peut pas dire que les affaires soient florissantes.

— Non. Ça ne serait pas compatible avec ton mode de vie. (Elle essuie la vaisselle et la range.) D'ailleurs, manger des légumes frais de temps à autre ne te ferait pas de mal, tu sais.

Tandis qu'Ismay dépose un baiser sur sa joue, A.J. se dit qu'elle ressemble beaucoup à Nic tout en étant très différente. Il lui arrive de ne pas supporter leurs ressemblances – leur visage ou leur silhouette – ou de souffrir de leurs dissemblances – de cœur et d'esprit.

— N'hésite pas à me faire signe si tu as besoin d'aide, lui lance-t-elle.

Nic était la cadette, pourtant elle s'était toujours beaucoup inquiétée pour Ismay, une championne dès qu'il s'agissait de faire les mauvais choix. Elle avait choisi une université pour les belles photos de leur brochure, avait épousé Daniel parce que le smoking lui allait à merveille et s'était lancée dans l'enseignement après avoir vu un film sur un professeur passionnant.

— Pauvre Ismay, avait lâché Nic. Elle finit toujours par être si déçue.

Nic souhaiterait sans doute que je sois plus gentil avec sa sœur, pense A.J.

— Comment se déroulent les représentations ? lui demande-t-il.

Ismay sourit. On dirait une petite fille.

— Ma parole, A.J., je ne savais même pas que tu étais au courant.

— *Les Sorcières de Salem*, précise-t-il. Les gamins viennent acheter la pièce à la librairie.

— Oui, ça ne m'étonne pas. Quelle horrible pièce !

Mais les filles peuvent crier à cœur joie et elles adorent ça. Moi, un peu moins. Je vais toujours aux répétitions avec une boîte de paracétamol. Peut-être qu'au milieu de toutes ces vociférations, les filles en apprennent un peu plus sur l'Histoire américaine. C'est le nombre important de personnages féminins qui m'a poussée à choisir cette pièce. Au moment où j'ai affiché la liste des retenues après les auditions, il y a eu moins d'effusions de larmes, tu comprends. Mais maintenant, avec l'arrivée du bébé, ça risque de virer à la cacophonie.

Se sentant redevable pour le dîner, A.J. lui propose de l'aide.

— Peut-être pourrais-je peindre des flyers, imprimer des programmes ou autre chose ?

Ça ne te ressemble tellement pas, aimerait-elle lui dire, mais elle se retient. Ismay considère A.J. comme l'homme le plus égoïste et égocentrique de son entourage, son mari mis à part. Si un après-midi passé avec un bébé peut avoir une influence si bénéfique sur son beau-frère, imaginez l'effet que produirait l'arrivée du sien sur Daniel. Le petit geste d'A.J. lui redonne espoir. Elle se frotte le ventre. Ismay attend un garçon et ils lui ont déjà choisi un prénom et même un second, au cas où le premier ne lui irait pas.

*

* *

L'après-midi suivant, une fois que la neige a cessé de tomber et commence même à se transformer en boue, un cadavre s'échoue sur la petite langue de sable près du phare. La carte d'identité retrouvée dans sa poche indique qu'il s'agit de Marian Wallace et il ne faut pas longtemps à Lambiase pour en déduire que ce corps et le bébé sont liés.

Marian Wallace n'a pas de famille à Alice. Personne ne sait ce qui l'a amenée ici, qui elle est venue voir, ni ce qui l'a poussée à se suicider en nageant dans les eaux glacées de l'île d'Alice en plein mois de décembre. Nul ne peut expliquer pareil geste. Ils savent que Marian Wallace est une jeune femme noire de vingt-deux ans, maman d'un bébé de vingt-cinq mois. À cela s'ajoute le message qu'elle a laissé à A.J. Une théorie commence à se faire jour malgré quelques zones d'ombre. Les forces de l'ordre concluent au suicide.

Au fil du week-end, les informations sur Marian Wallace tombent. Elle avait obtenu une bourse pour entrer à Harvard. Elle était championne de natation de l'État du Massachusetts et une écrivaine compulsive. Elle venait de Roxbury. Sa mère était décédée d'un cancer alors que Marian n'avait que treize ans. Sa grand-mère maternelle avait succombé à la même maladie un an après. Son père est un drogué notoire. Pendant ses années de lycée, elle a régulièrement changé de famille d'accueil. L'une de ses mères par procuration se rappelle d'elle, toujours le nez fourré dans un bouquin. Personne ne sait qui est le père de son bébé. On ne l'a jamais vue avec un petit copain. L'université l'avait mise en congé sabbatique après son échec aux partiels du précédent semestre – les obligations d'une mère devenaient incompatibles avec l'emploi du temps contraignant de l'université. Elle était jolie et intelligente, ce qui faisait de sa mort une tragédie. Mais sa peau était noire et son milieu modeste, autrement dit, ça n'étonnait personne.

Dimanche soir, Lambiase s'arrête à la librairie pour prendre des nouvelles de Maya et mettre A.J. au courant des dernières nouvelles. L'officier ayant eu plusieurs frères et sœurs, il propose au libraire de surveiller la petite pendant qu'il s'occupe du magasin.

— Ça ne vous dérange pas ? Vous n'êtes pas attendu quelque part ? lui demande A.J.

Lambiase vient tout juste de divorcer. Il avait épousé son amour de lycée, et il lui avait fallu un certain temps pour s'apercevoir qu'elle n'était ni un amour, ni même une personne très sympathique. Elle avait pris l'habitude de le traiter d'imbécile et de gros lard lorsqu'ils se disputaient. Lambiase n'a rien d'un idiot même s'il ne lit pas beaucoup et qu'il n'est guère sorti de son trou. Et puis il n'est pas gros. Il est simplement bâti comme un bouledogue avec un cou musculeux, des jambes trapues, et un nez épaté. Un robuste bouledogue américain, et non un anglais.

Sa femme ne lui manque pas, mais il aimerait bien avoir un peu de compagnie après le boulot.

Il s'installe sur le sol et prend Maya sur ses genoux. Une fois que la petite est endormie, Lambiase révèle au libraire ce qu'il a appris sur la mère.

— Quelque chose m'échappe, commence A.J. Je ne vois toujours pas ce qui l'a amenée sur l'île. C'est plutôt compliqué de venir jusqu'ici, vous savez. Après toutes les années que j'ai passé à Alice, ma propre mère ne m'a rendu visite qu'une seule fois. Vous êtes certain qu'elle n'était pas censée retrouver quelqu'un ?

Lambiase décale légèrement la petite sur ses genoux.

— J'ai envisagé cette éventualité. Peut-être ne savait-elle pas où aller. Elle s'est peut-être contentée de monter dans le premier train avant de prendre un bus, puis le bateau pour finir ici.

A.J. acquiesce par politesse mais, au fond, il ne croit pas aux actions non planifiées. En tant que lecteur, il sait que tout repose sur la construction de l'œuvre. Si un revolver apparaît à l'acte un, il a plutôt intérêt à disparaître à l'acte trois. En d'autres termes, A.J. ne se fie qu'à la narration.

— Peut-être souhaitait-elle mourir dans un bel endroit, ajoute Lambiase. Bon, la dame des services de protection de l'enfance viendra récupérer ce petit rayon de soleil lundi. Dans la mesure où la mère n'avait pas de famille et où le père est inconnu, ils vont devoir lui trouver une famille d'accueil.

A.J. compte sa caisse.

— C'est un système difficile pour les enfants, non ?

— Ça arrive, reconnaît le policier. Mais cette petite s'en sortira sûrement très bien.

Le libraire recompte sa caisse.

— Vous avez dit que sa mère avait connu les familles d'accueil ?

Lambiase hoche la tête.

— Elle estimait sans doute que sa fille aurait de meilleures chances dans une librairie. Qui sait ?

— Je ne suis pas croyant, capitaine Lambiase. Je ne crois pas au destin, reprend A.J. après un moment. Ma femme, si.

Maya choisit cet instant pour se réveiller et tendre ses bras vers A.J. Ce dernier ferme le tiroir de sa caisse et prend la petite. Lambiase croit l'entendre appeler le libraire « papa ».

— Je n'arrête pas de la reprendre, dit A.J., mais elle refuse de m'écouter.

— Quand les enfants ont une idée dans la tête…

— Voulez-vous boire quelque chose ?

— Pourquoi pas ?

A.J. ferme la porte de la boutique à clé et s'engage dans l'escalier. Il couche Maya sur le futon et va dans la pièce principale de la maison.

— Je ne peux pas garder un bébé, déclare-t-il fermement. Je n'ai pas dormi depuis quarante-huit heures. Cette gamine est une terroriste ! Elle se réveille à des heures indues. À croire que sa journée débute à quatre heures moins le quart. Je vis seul. Je suis pauvre. Je ne peux pas élever une enfant avec ce que me rapportent mes livres.

— C'est vrai, reconnaît Lambiase.

— J'ai déjà du mal à m'en sortir tout seul, poursuit A.J. Cette petite est pire qu'un chiot. Et un homme comme moi ne devrait même pas avoir un animal. Elle ne sait toujours pas aller sur le pot, et j'ignore tout de cet apprentissage, sans parler du reste. Et puis, je n'ai jamais vraiment aimé les bébés. J'apprécie Maya… mais nos conversations sont pour le moins limitées. Elles tournent autour d'Elmo – que je ne peux pas supporter d'ailleurs – ou de son petit nombril. Elle est très égocentrique.

— C'est le cas de beaucoup d'enfants, remarque Lambiase. Vos conversations s'enrichiront probablement en même temps que son vocabulaire.

— Et elle veut toujours lire le même livre, toujours avec Elmo. Le pire ouvrage cartonné qui existe.

Lambiase reconnaît n'en avoir jamais entendu parler.

— Eh bien, croyez-moi, ajoute A.J. en riant, elle a très mauvais goût en matière de lecture.

Le policier hoche la tête en buvant son verre de vin.

— Personne ne vous oblige à la garder.

— Oui, oui, évidemment. Mais à votre avis, est-ce que j'aurai mon mot à dire sur sa future famille d'accueil ? Elle est très intelligente, cette petite. Elle connaît déjà l'alphabet et j'ai même réussi à lui faire comprendre le classement par ordre alphabétique. Je ne supporterai pas de la savoir avec un abruti, incapable d'apprécier cette qualité. Comme je viens de le dire, je ne crois pas au destin. Ce qui ne m'empêche pas de me sentir responsable de Maya. Après tout, sa mère me l'a confiée.

— Cette jeune femme avait perdu la tête, précise Lambiase. Elle s'est suicidée à peine une heure plus tard.

— Ouais, grommelle A.J. Vous avez raison. (Des pleurs s'élèvent de l'autre pièce et le libraire s'excuse.) Je vais vérifier qu'elle va bien.

*

* *

À la fin du week-end, Maya a grand besoin de prendre un bain. A.J. laisserait bien les services sociaux du Massachusetts se charger d'une affaire aussi délicate, mais il s'imagine mal leur remettre une miniature de Miss Havisham[1]. Il passe d'abord

1. Personnage central du roman *Les Grandes Espérances* de Charles Dickens. Vieille femme riche et négligée qui vit seule dans une maison en ruine.

un long moment sur Google pour se familiariser avec le protocole du bain : Quelle est la température de l'eau recommandée pour une enfant de deux ans ? Peut-on utiliser un shampoing d'adulte sur une enfant ? Comment un père doit-il s'y prendre pour laver les parties intimes de sa fille sans passer pour un pervers ? Jusqu'où remplir la baignoire ? Comment empêcher la mort accidentelle par noyade ? Règles d'usage et de sécurité avant de prendre un bain, etc.

Pour laver les cheveux de Maya, il utilise le shampoing au chanvre dont se servait Nic. Bien qu'il ait donné ou jeté les affaires de sa femme depuis longtemps, il ne pouvait toujours pas se résoudre à se débarrasser de ses produits de beauté.

Au moment où A.J. la rince, la petite se met à chanter.

— Qu'est-ce que tu chantes là ? lui demande-t-il.

— Une chanson.

— Laquelle ?

— La la. Youpi. La la.

A.J. éclate de rire.

— Mouais, c'est du charabia pour moi, Maya.

Elle l'éclabousse, puis au bout d'un moment, elle lance :

— Maman ?

— Non, je ne suis pas ta mère, lui répond-il.

— Partie.

— Oui, avoue-t-il. Et elle ne reviendra probablement pas.

Maya prend quelques secondes de réflexion, puis acquiesce.

— Tu chantes.

— Il ne vaut mieux pas.

— Chante.

La petite a perdu sa mère, il peut au moins faire ça pour elle.

Pas le temps de chercher une chanson pour bébés sur Google. Avant de rencontrer sa femme, A.J. avait chanté comme deuxième ténor dans les Footnotes, la chorale masculine et a cappella de Princeton. Lorsqu'il était tombé amoureux, sa chorale en avait beaucoup pâti et, suite à plusieurs répétitions manquées, on l'en avait exclu. Il repense au dernier spectacle des Footnotes, en hommage à la musique des années 1980. Pour sa représentation dans la salle de bains, il suit le programme à la lettre et commence par *99 Luftballons*, puis enchaîne sur *Get out of my Dreams*. Pour le final, *Love in an Elevator*[1], A.J. se sent juste un peu idiot.

Dès qu'il a terminé, Maya applaudit.

— Encore, lui ordonne-t-elle. Encore.

— Ce spectacle propose une représentation unique.

A.J. la sort de la baignoire, l'enveloppe dans une serviette, et s'applique à bien l'essuyer, même entre les doigts de pied.

— J'aime toi.

— Comment ?

— J'aime toi.

— Tu es conquise par ma prestation.

— J'aime toi, répète-t-elle en hochant la tête.

— Tu m'aimes ? Mais enfin, tu me connais à peine, réplique A.J. Tu ne devrais pas brader ton amour de la sorte, jeune fille. (Il l'attire à lui.) Nous avons fait un petit bout de chemin ensemble. Nous avons passé

1. Respectivement du groupe Nena (1983), Billy Ocean (1988) et Aerosmith (1989).

soixante-douze heures exquises, et pour ma part, inoubliables, mais certaines personnes ne sont pas destinées à rester dans ta vie.

Elle darde sur lui ses grands yeux bleus dubitatifs.

— J'aime toi, répète-t-elle.

A.J. lui sèche les cheveux avec la serviette, puis les renifle pour s'assurer qu'ils sont bien propres.

— Je m'inquiète pour toi. Si tu aimes tout le monde, tu risques de beaucoup souffrir. Si on s'en réfère à la longueur toute relative de ta vie, tu dois avoir l'impression de me connaître depuis un bon bout de temps. Ta notion du temps est un peu faussée, Maya. Mais je suis vieux et tu m'oublieras très vite.

Molly Klock frappe à la porte de l'appartement.

— L'assistante sociale attend en bas. Puis-je la faire monter ?

A.J. opine.

Il hisse Maya sur ses genoux et ils patientent ensemble, écoutant le craquement de l'escalier sous les pas de l'inconnue.

— Il ne faut pas avoir peur, Maya. Cette dame va te trouver le foyer parfait. Tu y seras mieux qu'ici. Tu ne peux pas dormir toute ta vie sur un futon, tu sais. Ceux qui passent toute leur existence sur un futon, comme des invités qui s'incrustent, ne sont pas des gens fréquentables.

La dame s'appelle Jenny. A.J. n'a encore jamais rencontré une adulte affublée de ce prénom. Si Jenny était un livre, elle serait un poche tout juste sorti du carton – il ne serait pas corné, jauni ou abîmé. A.J. aurait préféré tomber sur une femme plus expérimentée. Il voit d'ici le pitch résumant l'existence de Jenny : lorsque la courageuse jeune fille de Fairfield,

Connecticut, se fit embaucher comme assistante sociale, elle était loin de se douter de ce qui l'attendait.

— Est-ce votre premier jour ? demande A.J.

— Non. J'ai commencé il y a un petit moment déjà. (Jenny sourit à la petite.) Comme tu es jolie !

Maya enfouit sa tête dans le sweat du libraire.

— Vous semblez très liés tous les deux, remarque Jenny en prenant des notes sur son Ipad. Alors, voilà comment nous allons procéder. Aujourd'hui, je vais ramener Maya à Boston. Comme je suis chargée de son dossier, je remplirai toute la paperasserie pour elle – puisqu'elle n'est manifestement pas en mesure de le faire toute seule, ha, ha ! Elle sera auscultée par un médecin et un psychiatre.

— Elle me paraît plutôt en bonne santé physique et mentale, signale A.J.

— C'est bien que vous le spécifiiez. Les médecins vont s'assurer qu'elle ne présente aucun retard de développement, aucune pathologie ou autre problème invisible aux profanes. Après quoi, Maya sera placée dans une des nombreuses familles d'accueil accréditées et…

— Comment une famille se fait-elle accréditer ? l'interrompt-il. Est-ce aussi facile que de demander sa carte de fidélité au supermarché ?

— Ha, ha ! Non, bien sûr. Il y a un certain nombre d'étapes à franchir. Remplir un dossier de candidature, puis présenter le foyer à une assistante sociale…

— Ce que je voulais dire, Jenny, c'est comment êtes-vous certains de ne pas confier une fillette innocente à un vrai psychopathe ?

— Eh bien, monsieur Fikry, nous ne partons pas du principe que les familles disposées à accueillir des enfants appartiennent à la catégorie des psychopathes, mais nous examinons minutieusement le dossier de chaque postulant.

— Je suis inquiet parce que… voyez-vous, Maya est très intelligente, mais elle est aussi très confiante.

— Intelligente mais confiante. Belle analyse. Je vais la noter. Après l'avoir placée d'urgence dans une famille saine d'esprit – elle sourit à A.J. –, je me remettrai au travail. Je chercherai si elle a de la famille, un peu plus éloignée, qui souhaiterait l'élever et, dans le cas contraire, je tâcherai de trouver une solution permanente pour Maya.

— En la confiant à l'adoption, vous voulez dire.

— Exactement, monsieur Fikry.

Rien n'oblige Jenny à entrer dans les détails, c'est juste qu'elle aime que les bons Samaritains sentent que leurs efforts sont appréciés.

— D'ailleurs, je vous remercie infiniment, ajoute-t-elle. Il nous faudrait plus de gens comme vous, curieux et soucieux du bien de l'enfant. (Jenny tend ses bras vers Maya.) Prête, ma puce ?

A.J. resserre son étreinte sur la petite et prend une profonde inspiration. Peut-il vraiment aller jusque-là ? *Oui*, tranche-t-il. *Seigneur*.

— Vous disiez que Maya allait être temporairement placée dans une famille d'accueil ? Ne pourrais-je pas être cette famille ?

Jenny lui explique qu'il faut d'abord avoir rempli les conditions d'accréditation.

— En fait, voilà… je sais qu'il s'agit d'une façon de faire peu orthodoxe mais sa mère m'a laissé un message. (A.J. le tend à la jeune femme.) Elle tenait à ce que je m'occupe de son enfant, vous voyez.

C'était sa dernière volonté. Il me paraît normal que ce soit moi qui la garde. Je ne tiens pas à la voir intégrer un autre foyer quand celui-ci lui convient parfaitement. J'ai lancé une recherche à ce sujet sur Google, hier soir.

— Google, répète Maya.

— Elle adore ce mot, je ne sais pas pourquoi.

— À quel sujet ? s'enquiert l'assistante sociale.

— Rien ne m'oblige à vous la laisser si sa mère a exprimé le souhait de me la confier, explique A.J.

— Papa, lance la petite fort à propos.

Jenny plonge son regard dans celui du libraire, puis de Maya. Ils sont tous les deux bien déterminés, ce qui lui arrache un soupir. Elle qui pensait que l'après-midi se déroulerait sans accroc… Cette affaire s'annonce bien plus complexe que prévu.

Nouveau soupir. Ce n'est certes pas son premier jour, mais elle n'a obtenu son diplôme que dix-huit mois plus tôt. Elle voudrait les aider, mais elle manque d'expérience. Cet homme est célibataire et habite au-dessus d'une librairie. Il n'y aura pas beaucoup de paperasserie à remplir, pense-t-elle.

— Aidez-moi, monsieur Fikry et dites-moi que vous avez un peu d'expérience en éducation, développement de l'enfant ou autres notions de ce genre.

— Euh… je m'apprêtais à débuter un doctorat en littérature américaine avant de tout laisser tomber pour ouvrir cette librairie. J'étais spécialiste d'Edgar Allan Poe. *La Chute de la maison Usher* donne une bonne idée de ce qu'il ne faut pas faire avec les enfants.

— C'est déjà ça, répond Jenny en pensant que ce « déjà ça » ne sert absolument à rien. Vous êtes sûr d'être prêt à vous lancer dans cette aventure ? Il s'agit d'un gros investissement financier et émotionnel, très chronophage.

— Non. Je n'en suis pas certain, mais je crois que Maya aura autant de chance avec moi qu'avec un autre. Je pourrai la surveiller pendant que je travaille et j'ai l'impression que nous nous apprécions.

— J'aime toi, confirme Maya.

— Oui, elle n'arrête pas de le répéter. Je lui ai conseillé de ne pas accorder son amour tant qu'il n'avait pas été mérité. Si vous voulez mon avis, elle subit l'influence de ce fourbe d'Elmo. Il aime tout le monde, vous savez ?

— Je connais bien Elmo, lâche Jenny.

Elle a envie de pleurer. Toute cette paperasserie qu'il va lui falloir traiter. Et ça, rien que pour le placement en foyer temporaire. L'adoption en bonne et due forme la mettra au supplice et c'est Jenny qui se coltinera le trajet de deux heures pour Alice chaque fois que les services sociaux devront contrôler Maya et A.J.

— D'accord, vous deux. Il faut que je contacte mon supérieur.

Quand elle était petite, Jenny Bernstein, fille d'un couple stable et aimant de Medford dans le Massachusetts, adorait les histoires d'orphelins comme *Le Bonheur au bout du chemin* et *La Petite Princesse*. Elle commence d'ailleurs à se dire que ces histoires sont responsables de son orientation professionnelle dans le social. Globalement, le métier s'est révélé beaucoup moins romantique que ses lectures le lui laissaient supposer. Pas plus tard qu'hier, une de ses anciennes camarades de classe a découvert qu'une mère de famille d'accueil affamait son fils de seize ans qui ne pesait plus qu'une vingtaine de kilos. Tous les voisins étaient persuadés que cet adolescent n'avait que six ans.

— J'ai toujours envie de croire aux fins heureuses, avait conclu son amie. Mais ça devient difficile.

Jenny sourit à A.J. et Maya. *Que cette petite a de la chance !* se dit-elle.

*

* *

À Noël et au cours des semaines suivantes, la nouvelle selon laquelle A.J. Fikry le libraire a recueilli une petite fille abandonnée se répand dans Alice. La ville n'avait pas eu de ragot aussi croustillant depuis un bout de temps – depuis le vol de *Tamerlan*. Le personnage d'A.J. Fikry suscite bien de la curiosité. On l'a toujours considéré comme un homme hautain et froid, et personne n'aurait pu imaginer qu'il adopterait un bébé simplement parce qu'on l'avait abandonné dans sa librairie. La fleuriste, dont la boutique est située deux maisons plus bas, y va de son anecdote : elle avait oublié sa paire de lunettes de soleil à la librairie et lorsqu'elle était revenue la chercher le lendemain, A.J. lui avait appris qu'il l'avait jetée.

— Il a prétendu ne pas avoir de place pour stocker les objets trouvés. Et voilà le sort qu'il a réservé à mes jolies Ray-Ban vintage ! s'exclame la marchande. Imaginez un peu ce qu'il ferait à un être humain.

De plus, on avait demandé pendant des années à A.J. de participer à la vie de la commune en sponsorisant l'équipe de football, en contribuant aux ventes de gâteaux, en achetant des encarts publicitaires dans le livre de l'année du lycée. L'homme avait toujours refusé et souvent sèchement. Les habitants en concluent donc, en toute logique, que la perte de *Tamerlan* l'a civilisé.

Les mères de la ville craignent que l'enfant ne soit maltraitée. Comment un célibataire peut-il s'occuper d'un bébé ? Elles se servent de cette excuse pour passer le plus souvent possible à la librairie afin de donner quelques conseils et des petits cadeaux à A.J., vieux meubles d'enfants, vêtements, couvertures, jouets. Elles sont surprises de trouver Maya aussi soignée, joyeuse et calme. Elles attendent d'avoir quitté la boutique pour reprendre leurs commérages sur le passé ô combien tragique de Maya.

De son côté, A.J. ne se préoccupe pas plus que ça de ces visites. Il ignore la plupart des conseils, mais accepte les cadeaux après les avoir bien nettoyés et désinfectés à l'insu des donatrices. Conscient des indiscrétions qui suivent ces entrevues, il décide pourtant de n'y prêter aucune attention. Il place un flacon de gel antiseptique sur le comptoir avec l'indication suivante : *Prière de se désinfecter les mains avant de toucher l'infante*. D'ailleurs, les femmes savent effectivement parfois certaines choses qu'il ignore : comment enseigner l'usage du pot (en recourant à la « corruption »), comment soigner les poussées dentaires (avec un plateau de glaçons) et quels vaccins faire – celui de la varicelle n'est pas indispensable. A.J. a découvert, hélas, les limites de Google en matière d'éducation. La plupart des femmes qui viennent voir la fillette en profitent même pour acheter des livres et des magazines. A.J. commence à s'approvisionner en romans contemporains susceptibles de plaire à ces dames. Pendant quelque temps, le cercle se concentre sur les histoires de femmes très intelligentes prises au piège d'un mariage qui bat de l'aile ; les lectrices aiment que l'héroïne ait une aventure extraconjugale – non qu'elles soient elles-mêmes infidèles, ou reconnaissent l'avoir été. Non, elles prennent plaisir à juger ces personnages. Si celles qui ont abandonné leurs enfants vont trop loin, les veuves qui ont perdu leur mari dans un accident sont plutôt bien perçues. (Elles gagnent des points s'il est mort et qu'elles retrouvent l'amour.) Maeve Binchy jouit d'une certaine popularité pendant un moment jusqu'à ce que Margene, ancienne employée d'une banque d'investissement, reproche à Binchy son œuvre trop conventionnelle.

— Combien de fois faudra-t-il que je me farcisse l'histoire d'une femme mariée trop jeune à un bellâtre sans cœur dans une ville étouffante d'Irlande ?

Ce type de commentaire encourage A.J. à persister dans ses efforts professionnels.

— Si nous participons à un club de lecture, poursuit Margene, autant diversifier.

— Nous faisons partie d'un club de lecture ? demande A.J.

— Vous ne vous imaginiez quand même pas qu'on vous dispensait tous nos conseils éducatifs sans contrepartie, si ?

En avril, ils lisent *Une Bonne Épouse indienne*. En juin, *La Première Épouse*. En août, *La Vingtième Épouse*. En septembre, *L'Épouse inconnue*. En décembre, il a épuisé son stock de romans corrects sur les épouses et elles passent à *Bel Canto*.

— Et si vous songiez à développer le rayon des livres illustrés ? suggère Penelope qui paraît toujours épuisée. Les enfants devraient pouvoir lire aussi lorsqu'ils viennent ici.

Ces femmes amènent leurs petits pour qu'ils puissent jouer avec Maya, c'est donc judicieux. Sans oublier que le libraire n'en peut plus de lire les aventures d'Elmo. Bien qu'il ne se soit jamais intéressé aux livres illustrés, il décide de devenir un expert en la matière. S'il en existe des littéraires, A.J. souhaite que Maya les lise. Et des contemporains, de préférence. Et féministes aussi. Mais sans princesses. Il en découvre pléthore. Un soir, il se surprend même à dire à Maya :

— En réalité, il y a dans l'illustré cette élégance que j'apprécie dans les nouvelles. Tu vois ce que je veux dire, Maya ?

Elle hoche la tête très sérieusement et tourne la page.

— Le talent de certains de ces auteurs me laisse sans voix. J'étais loin de le soupçonner.

Maya tapote le livre. Ils sont en train de lire *Little Pea*, l'histoire d'un petit pois qui doit manger tous ses bonbons s'il veut avoir des légumes pour le dessert.

— C'est ce que l'on appelle l'ironie.

— Iroquois, dit-elle en faisant mine de décocher une flèche.

— Ironie, répète-t-il.

Maya hoche la tête et A.J. décide de remettre à plus tard son cours sur l'ironie.

*

* *

Le chef de la police, Lambiase, passe régulièrement à la librairie et, pour justifier ses visites, il achète des livres. Comme il n'aime pas non plus gaspiller son argent, le policier les lit tous. Au départ, il choisissait surtout des ouvrages grand public – Jeffery Deaver et James Patterson (ou quiconque signant sous ce nom) –, ensuite A.J. l'a initié à des ouvrages de Jo Nesbø et Elmore Leonard. Les deux auteurs plaisent beaucoup à Lambiase alors A.J. lui en recommande d'autres comme Walter Mosley, puis Cormac McCarthy. Le dernier livre qu'il lui a conseillé est *La Souris bleue* de Kate Atkinson.

Dès que le policier entre dans la librairie, il tient à parler de ce livre.

— Alors voilà. Au début, j'ai détesté ce bouquin et puis progressivement, je me suis laissé prendre, ouais. (Il se penche sur le comptoir.) Parce qu'il parle d'un policier, vous savez. Mais le rythme est plutôt lent et la plupart des mystères ne sont pas élucidés. Finalement, je me suis dit que c'était pareil dans la vraie vie, dans ce boulot.

— Il existe une suite, l'informe le libraire.

— Mouais. Je ne suis pas sûr d'être prêt à m'embarquer dans un autre. J'aime bien que les problèmes soient résolus parfois, que les méchants soient punis, que les gentils triomphent. Des trucs comme ça. Peut-être que je vais prendre un autre livre d'Elmore Leonard quand même. Hé, A.J., j'ai bien réfléchi. Et si on lançait un club de lecture pour les policiers ? Les autres flics aiment bien lire ce genre de bouquins et comme c'est moi leur chef, je les pousserais à venir les acheter ici.

Lambiase appuie sur le flacon de désinfectant, se lave les mains et se penche pour soulever Maya.

— Hé, ma mignonne. Comment vas-tu ?

— Adoptée, répond-elle.

— C'est un très gros mot, ça. (Le policier se tourne vers A.J.) Alors ? C'est réglé ? Officiellement ?

La procédure avait pris un certain temps et s'était achevée juste avant le troisième anniversaire de Maya. On avait notamment reproché à A.J. de ne pas avoir obtenu son permis – ses moments d'absences l'avaient empêché de le passer –, d'être célibataire et de n'avoir jamais élevé d'enfant, pris soin d'un chien ou même arrosé une plante verte. Finalement, l'éducation d'A.J., ses liens étroits avec la communauté – grâce à la librairie – et la dernière volonté de la mère de Maya l'avaient emporté sur le reste.

— Félicitations à mes libraires préférés ! s'écrie Lambiase en jetant la petite dans les airs. (Après l'avoir rattrapée, il la repose par terre et se penche au-dessus du comptoir pour serrer la main d'A.J.) Nan, il faut que je vous prenne dans mes bras. Il faut au moins ça pour fêter la nouvelle.

Lambiase contourne le comptoir pour étreindre A.J.

— Et si nous trinquions ? propose le libraire.

A.J. cale la petite sur sa hanche et les deux hommes montent à l'étage. Le rituel du coucher de la petite prend un temps fou – il faut gérer deux étapes complexes : sa toilette et la lecture complète de deux albums illustrés –, si bien que Lambiase entame seul la bouteille.

— Vous comptez la baptiser ? demande-t-il à son hôte.

— Je ne suis pas chrétien, pas même croyant d'ailleurs. Alors, non.

Le policier médite cette réponse en buvant une nouvelle gorgée de vin.

— Vous ne m'avez pas demandé mon avis mais je vous conseille, tout de même, d'organiser une petite fête pour la présenter à tout le monde. Il s'agit de Maya Fikry à présent, non ?

A.J. opine.

— Il faut que les gens le sachent, que vous lui donniez un second prénom, et que vous fassiez de moi son parrain.

— Et pourquoi ?

— Eh bien, admettons qu'à douze ans, on l'arrête pour vol à l'étalage dans le centre commercial. Je pourrais user de mon influence pour intercéder en sa faveur.

— Maya serait incapable d'une chose pareille.

— C'est ce que pensent tous les parents, répond Lambiase. En gros, je surveillerai vos arrières, A.J. On devrait toujours avoir quelqu'un pour nous couvrir. (Il vide son verre.) Et je vous filerai un coup de main pour la fête.

— Comment on organise une fête de non-baptême ?

— Ça ne sera pas très compliqué. Vous n'aurez qu'à faire ça dans la librairie. Vous achetez une nouvelle robe à Maya chez Filene. Je parie qu'Ismay saura vous aider. Il vous suffit ensuite de commander la nourriture chez Costco. Leurs gros muffins, par exemple ? Ma sœur prétend qu'on absorbe plus de mille calories par gâteau. Et des surgelés. Des surgelés haut de gamme. Comme les crevettes à la noix de coco.

Un bon morceau de Stilton. Et dans la mesure où il ne s'agit pas d'une cérémonie chrétienne…

— Ce ne sera pas une cérémonie tout court, le coupe A.J.

— Très bien. Ce que je voulais dire, c'est que vous pourrez servir de l'alcool. Et nous inviterons votre belle-sœur, votre beau-frère, toutes ces dames avec lesquelles vous discutez, bref, toutes les personnes qui se sont intéressées à Maya ; je vous donnerai leurs noms et croyez-moi, A.J., ça fait un paquet de monde. Et puis je prononcerai un joli discours en tant que parrain si vous acceptez de me confier ce rôle. Pas de prière, puisque vous n'y croyez pas. Mais je souhaiterai à la petite bonne route sur le chemin de la vie. Et vous remercierez les invités d'être venus. Nous lèverons tous nos verres à Maya et chacun rentrera chez soi content.

— Cela ressemblera un peu à une soirée de lancement, en fait.

— Tout à fait, répond Lambiase alors qu'il n'a encore jamais assisté à ce type de sauterie.

— Je déteste ça, grogne A.J.

— Mais vous tenez la librairie.

— C'est bien là, le problème, reconnaît-il.

*

* *

La fête de non-baptême de Maya a lieu une semaine avant Halloween. À l'exception de quelques petits invités déguisés, la réception est plutôt fidèle à la description qu'en a donnée Lambiase. A.J. regarde Maya dans sa robe rose et éprouve une sensation vaguement familière, un bouillonnement intérieur proche de l'intolérable. Il aimerait crier ou frapper dans un mur. Il se sent ivre ou plutôt grisé. Dingue. Au début, il met ça sur le compte du bonheur mais finit par l'imputer à l'amour. *Amour de merde*, se dit-il. Quelle plaie ! Ce sentiment a ruiné tous ses plans, celui de s'enivrer jusqu'à ce que mort s'ensuive ou de conduire sa librairie à la faillite. Quand un truc commence à vous tenir à cœur, plus moyen de se foutre de tout.

Non, le pire dans tout ça, c'est qu'il s'est même pris d'affection pour Elmo. Il y a des assiettes en carton à son effigie sur la table pliante, à côté des crevettes à la noix de coco, et A.J. a dû faire plusieurs boutiques pour les trouver. À l'autre bout de la pièce, près du rayon des meilleures ventes, Lambiase s'est lancé dans un discours plein de clichés, quoique sincères et appropriés : il explique comment A.J. a fait en sorte de voir le bon côté des choses, compare Maya à un rayon de soleil, et n'oublie pas le fameux dicton sur le bon Dieu qui, quand il ferme une porte, ouvre une fenêtre, et tout le tintouin. Une expression qui, poursuit-il, illustre très bien la situation. Le policier décoche un sourire à A.J. qui le lui rend en brandissant son verre. Et là, bien que le libraire ne croie pas en Dieu, il ferme les yeux et, de tout son cœur de hérisson, il remercie une puissance supérieure, quelle qu'elle soit.

Ismay, qu'A.J. a choisie comme marraine, lui serre la main.

— Désolée de t'abandonner, mais je ne me sens pas très bien.

— C'est à cause du discours de Lambiase ?

— J'ai dû attraper froid. Je vais rentrer.

A.J. hoche la tête.

— Appelle-moi plus tard, d'accord ?

C'est Daniel qui se charge de lui passer un coup de fil dans la soirée.

— Ismay a été admise à l'hôpital, déclare-t-il froidement. Pour une nouvelle fausse couche.

Il s'agit de la deuxième en un an, la cinquième au total.

— Comment va-t-elle ?

— Elle a perdu du sang, ce qui l'a affaiblie. Mais c'est une dure à cuire sacrément solide.

— C'est vrai.

— Je dois malheureusement prendre un avion tôt demain pour Los Angeles. J'ai réussi à appâter des gens du cinéma. Ça tombe mal.

Les gens du cinéma sont toujours appâtés par ses histoires quand on écoute Daniel, mais aucun d'eux n'a encore mordu à l'hameçon.

— Pourrais-tu aller la voir à l'hôpital, veiller à ce que son retour à la maison se passe bien ?

Lambiase se charge de conduire A.J. et Maya. Le libraire laisse la petite et le policier dans la salle d'attente pendant qu'il va rendre visite à Ismay.

Cette dernière a les yeux rougis, le teint pâle.

— Je suis désolée, lance-t-elle en apercevant A.J.

— De quoi, Ismay ?

— Je mérite ce qui m'arrive.

— Non, ne dis pas une chose pareille.

— C'est dégueulasse de la part de Daniel. Il n'aurait jamais dû te déranger.

— Ça me fait plaisir d'être là.

— Il me trompe. Tu es au courant ? Il passe son temps à me tromper.

A.J. garde le silence, mais il sait tout. Les flirts de Daniel ne sont un secret pour personne.

— Bien sûr que tu es au courant, reprend-elle d'une voix rauque, comme tout le monde.

A.J. reste muet.

— Tu es au courant, mais tu ne m'en parleras pas. J'imagine que tu veux respecter le code des Infidèles.

Il remarque ses épaules squelettiques saillant sous sa blouse d'hôpital et son ventre encore arrondi.

— Je suis affreuse, n'est-ce pas ?

— Non, j'ai noté que tu te laissais pousser les cheveux et ça te va bien.

— C'est gentil, dit-elle.

Au même moment, Ismay se redresse sur le lit et tente d'embrasser A.J. sur la bouche. Mais celui-ci l'esquive.

— Les médecins t'autorisent à rentrer chez toi dès maintenant si tu le souhaites.

— Je pensais que ma sœur faisait une connerie en t'épousant, mais je m'aperçois maintenant que tu n'es pas si mal. La façon dont tu t'occupes de Maya… le fait que tu sois venu ici tout de suite. Être là quoi qu'il arrive, c'est tout ce qui compte, A.J. (Elle s'écarte de lui avant de poursuivre.) Je crois qu'il vaut mieux que je reste ici ce soir. Il n'y a personne à la maison et je n'ai pas envie de me retrouver toute seule. Ce que je viens de dire… c'est vrai. Nic était la gentille et moi la méchante. J'ai d'ailleurs épousé un sale type. Et je sais que les méchants méritent ce qui leur arrive mais bon sang… que c'est pénible, la solitude !

Un Avant-goût du monde

1985/Richard Bausch

Une fille rondelette vit avec son grand-père et s'entraîne pour un concours de gymnastique à l'école primaire.
Tu seras surprise de voir combien on souhaite voir cette fillette réussir son saut. Bausch ménage un suspense jubilatoire en partant d'un épisode anecdotique (c'est justement là l'intérêt), et tu devrais en retenir la leçon : un concours de cheval d'arçons peut s'avérer aussi dramatique qu'un crash aérien.

J'ai découvert cette nouvelle après être devenu père. J'ignore donc si elle m'aurait autant plu A.M. (Avant Maya). À certaines périodes de ma vie, j'étais plus enclin à lire des nouvelles. L'une de ces phases a coïncidé avec ta petite enfance – comment aurais-je pu trouver le temps de lire un roman, ma puce ?

A.J.F.

En temps normal, Maya se réveille avant l'aube, alors qu'on entend seulement A.J. ronfler dans l'autre pièce. Elle traverse la salle à manger en grenouillère jusqu'à la chambre d'A.J. et commence par murmurer : « Papa, papa. » Si ça ne marche pas, elle l'appelle plus fort et s'il n'ouvre toujours pas les yeux, elle finit par crier. En dernier recours, elle saute sur son lit, bien qu'elle préfère ne pas en arriver là. Aujourd'hui, de simples mots suffisent à le tirer du sommeil.

— Réveille-toi, dit-elle. Descends.

Le rez-de-chaussée est l'étage qu'elle préfère parce que c'est celui de la librairie et que la librairie est le plus bel endroit au monde.

— Pantalon, marmonne A.J. Café.

Son haleine sent la chaussette mouillée.

Seize marches séparent l'appartement du magasin. Maya les descend sur les fesses parce que ses jambes sont trop courtes pour le faire en toute confiance. Elle trottine à travers la librairie, passe devant les livres qui n'ont pas d'images et les cartes de vœux. Elle laisse courir sa main sur les magazines, pousse le tourniquet chargé de marque-pages. Bonjour, les magazines ! Bonjour, les marque-pages ! Bonjour, les livres ! Bonjour, la librairie !

Les murs sont recouverts de grands lambris qui lui arrivent juste au-dessus de la tête et encore au-dessus, d'un papier peint bleu. Maya ne peut l'atteindre qu'en grimpant sur une chaise. Elle adore frotter son visage contre les imprimés en relief, des sortes de tourbillons. Un jour, elle lira le mot « damassé » dans un livre et pensera : *Mais oui, bien sûr, c'est comme ça que ça s'appelle*. Le terme lambrissage, en revanche, lui procurera une énorme déception.

La librairie fait quinze Maya de large et vingt Maya de long. Elle le sait parce qu'elle a passé un après-midi à la mesurer en s'allongeant sur le sol. Heureusement que la boutique ne mesure pas plus de trente Maya en longueur parce qu'elle ne savait pas compter au-delà le jour où elle en a pris les dimensions.

De sa position avantageuse proche du sol, les gens se résument à leurs chaussures. Aux sandales, en été. Aux bottes, en hiver. Molly Klock porte parfois des bottes rouges de super-héroïne, qui lui arrivent aux genoux. A.J. des baskets noires à bout blanc, Lambiase des rangers, Ismay des chaussures plates qui ressemblent à des insectes ou des bijoux. Daniel Parish arbore des mocassins marron avec un penny sur le cou-de-pied.

Juste avant l'ouverture de la boutique, à 10 heures, Maya gagne son poste, près des albums illustrés. Elle renifle toujours un nouveau livre : c'est sa façon à elle de faire connaissance. Elle le débarrasse ensuite de sa jaquette, puis le brandit devant elle et plaque l'ouvrage contre son visage, les bords du livre retombant sur ses oreilles. La plupart d'entre eux sentent le savon de papa, le gazon, l'iode, la table de la cuisine et le fromage.

La petite fille scrute les dessins pour deviner l'histoire. C'est un travail épuisant, mais malgré ses trois ans, elle reconnaît certaines figures de style. Si on prend les animaux par exemple, eh bien, ce ne sont pas toujours de simples animaux. Parfois, ils représentent les parents ou les enfants. Un ours avec une cravate symbolise le père. Un autre avec une perruque blonde, la mère. Les illustrations renseignent beaucoup sur l'histoire mais il arrive qu'elles induisent en erreur. La fillette aimerait tellement pouvoir lire toute seule.

Elle parvient à parcourir sept livres en une matinée, en supposant qu'elle ne soit pas interrompue. Mais on la dérange sans arrêt. Ce qui ne l'empêche pas d'apprécier les clients et de se montrer polie avec eux. Elle comprend très bien le travail d'A.J. et le sien. Quand des enfants s'aventurent dans son rayon, elle se débrouille toujours pour leur coller un livre entre les mains. Ensuite, les petits retournent du côté de la caisse et la plupart du temps, l'adulte qui les accompagne leur offre l'ouvrage qu'ils rapportent.

— Oh, mon Dieu ! Et tu l'as choisi tout seul ? l'interroge alors son parent.

Un jour, on a demandé à A.J. si Maya était sa fille.

— Vous êtes noirs tous les deux, mais pas tout à fait du même noir.

La fillette s'en souvient parce que la remarque avait perturbé A.J.

— Qu'entendez-vous par « pas tout à fait du même noir » ? avait-il rétorqué.

— Ne vous méprenez pas. Je ne voulais pas vous vexer, lui avait répondu le client.

Le martèlement de ses tongs avait ensuite rythmé son trajet jusqu'à la porte et l'homme était parti sans rien acheter.

Qu'est-ce que ça veut dire, « pas tout à fait du même noir » ? s'interroge-t-elle en observant ses mains.

Maya se pose encore d'autres questions.

Comment apprend-on à lire ?

Pourquoi les adultes aiment les livres sans images ?

Est-ce que papa va mourir un jour ?

Qu'est-ce qu'il y aura pour le déjeuner ?

*

* *

Vers 13 heures, ils vont chercher leur repas à la sandwicherie. Maya commande un sandwich au fromage fondu et A.J. un club à la dinde. Elle aime bien y aller, mais sans jamais lâcher la main de son papa. Elle détesterait se retrouver seule là-bas.

Dans l'après-midi, elle dessine ses critiques. Une pomme signifie que l'odeur du livre est validée. Un morceau de fromage implique qu'il sent mauvais. Un autoportrait veut dire qu'elle aime les images. Elle signe ses rapports de son prénom et les soumet à A.J. pour accord.

Elle adore écrire son prénom :

MAYA.

La petite connaît son nom de famille, Fikry, mais ne sait pas encore l'écrire.

Parfois, après le départ des clients et des employés, elle a l'impression qu'A.J. et elle sont seuls au monde. Personne ne paraît aussi réel que lui. Les autres gens se réduisent à des paires de chaussures, différentes selon les saisons, rien de plus. A.J. parvient à toucher le papier peint sans grimper sur une chaise, à faire marcher la caisse enregistreuse en parlant au téléphone, à porter des cartons lourds au-dessus de sa tête, à employer des mots incroyablement longs, et enfin il sait tout sur tout. Qui pourrait lui arriver à la cheville ?

Maya ne pense quasiment plus jamais à sa mère.

Elle sait qu'elle est morte et que la mort est un long sommeil dont on ne se réveille pas. Elle a de la peine pour sa mère parce que cela veut dire que les gens qui ne se réveillent pas ne descendent pas dans la librairie le matin.

Maya sait aussi que sa mère l'a laissée ici. Mais peut-être est-ce le sort réservé à tous les enfants à partir d'un certain âge. Quelques-uns parmi eux sont abandonnés dans des boutiques de chaussures, d'autres dans des magasins de jouets. Et d'autres encore dans des sandwicheries. Et toute la vie dépend de l'endroit où on vous a laissé. Elle n'aimerait pas vivre dans la sandwicherie.

Plus tard, quand elle sera grande, Maya pensera davantage à sa mère.

Le soir, A.J. change de chaussures puis la met dans sa poussette. Elle commence à s'y sentir à l'étroit, mais elle aime bien partir en balade, alors elle essaie de ne pas s'en plaindre. Elle aime entendre son papa respirer. Et voir le monde défiler si vite. Parfois, A.J. lui chante une chanson ou lui raconte une histoire. Il lui explique qu'il possédait autrefois un livre intitulé *Tamerlan* qui valait tous les livres de la librairie réunis.

— *Tamerlan*, répète-t-elle, savourant la mélodie mystérieuse de ces quelques syllabes.

— C'est de là que vient ton second prénom.

La nuit, A.J. la borde dans son lit. Elle déteste aller se coucher même si elle est fatiguée. Seule une histoire parvient à l'y résoudre.

— Laquelle veux-tu ? lui demande-t-il.

Il a insisté pour qu'elle arrête de choisir *Max et les Maximonstres*, alors elle lui demande de lui lire *Elles sont belles mes casquettes !* pour lui faire plaisir. Il la lui a déjà racontée mais Maya n'arrive toujours pas à en saisir la portée. L'histoire parle d'un vendeur de chapeaux de toutes les couleurs. Un jour, pendant sa sieste, des singes les lui volent. La petite espère que ça n'arrivera jamais à A.J.

Elle lui serre le bras en fronçant les sourcils.

— Qu'y a-t-il ?

Pourquoi les singes s'intéressent-ils à des chapeaux ? Ce sont des animaux. Peut-être symbolisent-ils autre chose, comme l'ours à perruque représente la mère. Mais quoi ? Maya réfléchit sans parvenir à formuler ses pensées.

— Lis, dit-elle.

De temps en temps, A.J. fait venir une dame à la librairie qui leur lit des histoires, à elle et aux autres enfants. Celle-ci gesticule, grimace et souligne les effets dramatiques en haussant ou baissant le ton. Maya lui conseillerait bien de se détendre. Elle est habituée aux lectures d'A.J., à sa voix douce.

— « … tout en haut de l'étagère, il y a une pile de casquettes rouges. »

L'image montre l'homme avec plusieurs casquettes de couleurs différentes.

Maya pose sa main sur A.J. pour l'empêcher de tourner la page tout de suite. Ses yeux glissent de l'illustration au texte et inversement. Soudain, elle sait que R-O-U-G-E renvoie à la couleur rouge aussi bien qu'elle sait qu'A.J. Fikry est son père, qu'elle s'appelle Maya, et qu'il n'y a pas plus bel endroit au monde que la Librairie de l'île.

— Qu'y a-t-il ? répète A.J.

— « Rouge », dit-elle.

Puis l'enfant prend la main de son père et la place sur le mot correspondant.

Les Braves Gens ne courent pas les rues

1955/FLANNERY O'CONNOR

Un voyage en famille tourne mal. C'est le livre préféré d'Amy. (Elle semble si douce au premier abord, non ?) Amy et moi ne partageons pas toujours les mêmes goûts, mais j'aime bien celui-ci. Lorsqu'elle m'a avoué que c'était son livre favori, je suis revenu sur l'idée que je me faisais d'elle, découvrant des zones d'ombre qui ont éveillé ma curiosité.
Des mensonges éculés circulent sur la politique, Dieu et l'amour. Il suffit de poser une seule question pour percer quelqu'un à jour : Quel est ton livre préféré ?

A.J.F.

La deuxième semaine d'août, juste avant sa rentrée à l'école primaire (elle a six ans), Maya reçoit une paire de lunettes (rouge à monture ronde) et attrape la varicelle (des boutons ronds et rouges). A.J. maudit la mère qui lui a assuré que ce vaccin était facultatif. Voilà que cette satanée maladie a investi sa maison. Maya est dans un état déplorable et le libraire l'est aussi de la voir ainsi. Son visage est constellé de marques, l'air conditionné est en train de lâcher et plus personne ne réussit à dormir dans cette fournaise. A.J. apporte un gant de toilette glacé à la petite, épluche une mandarine et la divise en quartiers, lui met des chaussettes sur les mains et reste à son chevet.

Le troisième jour, elle s'endort à 4 heures du matin. A.J. est épuisé mais agité. Il a demandé à son employée de remonter plusieurs épreuves de la cave. Malheureusement, elle est nouvelle et s'est trompée en lui remontant la pile de livres À RECYCLER et non À LIRE. A.J. ne veut pas abandonner la petite et se résigne donc à lire l'une des anciennes épreuves qu'il avait refusées. Celle sur le haut de la pile entre dans la catégorie « romans fantastiques pour jeunes adultes » et son personnage principal est mort. *Hors de question*, se dit-il. Deux des caractéristiques qui le rebutent le plus – narrateur décédé et roman pour jeunes adultes – réunies en un seul livre. Il le jette. Le deuxième est la biographie d'un octogénaire, un vieux célibataire qui écrivait autrefois pour plusieurs journaux du Midwest et s'est marié à soixante-dix-huit ans. Son épouse est morte deux ans après leur mariage, à l'âge de quatre-vingt-trois ans. *Marié sur le tard* de Leon Friedman. Cet ouvrage lui dit quelque chose, mais il ne sait plus pourquoi. Il feuillette l'épreuve et une carte de visite en tombe : Amelia Loman, Éditions Knightley. Oui, ça lui revient à présent.

Il a revu Amelia Loman bien sûr, depuis leur premier rendez-vous houleux. Ils se sont échangé plusieurs e-mails cordiaux et elle vient trois fois par an lui faire un topo sur les dernières grosses sorties de Knightley. Après avoir passé une dizaine d'après-midi en sa compagnie, il en est récemment arrivé à la conclusion qu'elle faisait bien son boulot. Elle est au fait des derniers courants littéraires et connaît son catalogue. Même si elle a toujours un peu tendance à l'exagération, Amelia ne cherche pas à lui vendre des titres à tout prix. Elle est aussi très gentille avec Maya – elle pense toujours à lui apporter un livre pour enfants de chez Knightley. Avant tout, Amelia Loman est une professionnelle et n'a donc jamais évoqué le comportement d'A.J. le jour de leur rencontre. Bon sang, il s'était conduit comme un mufle avec elle. Il a envie de rentrer sous terre rien que d'y penser. En guise de pénitence, il décide de donner une chance à *Marié sur le tard*, même si ce bouquin ne correspond pas à ses goûts littéraires. La biographie débute sur cette phrase : « J'ai quatre-vingt-un ans, mais statistiquement parlant, je devrais être mort depuis 4,7 ans. »

À 5 heures du matin, A.J. referme le livre et tapote dessus.

Maya se réveille, en meilleure forme.

— Pourquoi tu pleures ?

— Je lisais, lui répond-il.

*

* *

Elle ne reconnaît pas le numéro, mais Amelia Loman décroche dès la première sonnerie.

— Bonjour, Amelia. C'est A.J. Fikry de la Librairie de l'île. Je ne m'attendais pas à ce que vous répondiez.

— En effet, lance-t-elle en riant. Je suis la seule personne de la planète qui décroche encore quand on l'appelle.

— Oui, rétorque-t-il. Vous avez sans doute raison.

— L'Église catholique envisage de me canoniser.

— Sainte Amelia qui répondait au téléphone.

C'est la première fois qu'A.J. lui passe un coup de fil.

— Nous voyons-nous toujours dans deux semaines ou vous faut-il annuler ? demande-t-elle.

— Oh, non, rien de la sorte. J'avais juste pensé vous laisser un message.

La jeune femme prend une voix monocorde :

— Bonjour, vous êtes bien sur la messagerie d'Amelia Loman. Bip.

— Euh…

— Bip, répète-t-elle. Allez-y. Laissez votre message.

— Euh… Bonjour, Amelia. C'est A.J. Fikry à l'appareil. Je viens de terminer le livre que vous m'aviez conseillé…

— Ah oui ? Lequel ?

— C'est curieux. On dirait que la messagerie s'adresse à moi. Votre conseil de lecture ne date pas d'hier. *Marié sur le tard* de Leon Friedman.

— Ne me brisez pas le cœur, A.J. C'était mon petit chouchou du programme cet hiver-là. Personne ne voulait le lire. Je n'en démords pas ! Je l'aime toujours autant. Même si cela fait de moi la reine des causes perdues.

— Peut-être la couverture était-elle dissuasive, hasarde-t-il sans conviction.

— Un visuel atroce. Des pieds de vieux avec des fleurs. Comme si on avait envie d'imaginer des pieds tout fripés, sans parler d'acheter un livre avec ce type d'illustration. La nouvelle couverture pour l'édition poche n'a pas aidé non plus – noir et blanc avec davantage de fleurs. Mais le choix des visuels est la hantise des éditeurs. On les tient toujours pour responsables de tout et n'importe quoi.

— J'ignore si vous vous en souvenez, mais vous m'avez laissé les épreuves le jour de notre rencontre.

Amelia marque un temps avant de répondre :

— Ah bon ? Oui, c'est possible. Je venais tout juste d'être embauchée chez Knightley.

— Eh bien, vous savez que les biographies ne sont pas ma tasse de thé, mais celle-ci est épatante et sans prétention. Intelligente et…

Lorsqu'il parle des choses qu'il aime, A.J. se sent aussi mal à l'aise que s'il était nu.

— Continuez.

— Chaque mot est bien choisi et tout à fait à sa place. C'est un très grand compliment venant de moi. Je suis simplement navré d'avoir mis tant de temps à le lire.

— C'est l'histoire de ma vie, rétorque-t-elle avant de lui demander ce qui lui a finalement donné envie de s'y mettre.

— Ma fille était malade, alors…

— Oh, la pauvre Maya. Rien de grave, j'espère.

— Non, la varicelle. Je l'ai veillée toute la nuit, et c'est le premier livre qui m'est tombé sous la main.

— Je suis ravie que vous ayez fini par le lire. J'ai supplié tous mes proches de le faire, et personne ne m'a écoutée sauf ma mère. Et encore, elle n'a pas été facile à convaincre.

— Parfois les livres attendent le bon moment pour nous trouver.

— Ça ne suffira pas forcément à consoler M. Friedman, ajoute Amelia.

— Eh bien, je vais en commander un carton, en format poche avec l'horrible couverture que vous avez mentionnée. Et je pensais que nous pourrions peut-être profiter de l'affluence des touristes pour inviter M. Friedman à faire une signature cet été.

— S'il vit assez longtemps.

— Est-il souffrant ? demande A.J.

— Non, mais il doit approcher les quatre-vingt-dix ans.

A.J. éclate de rire.

— Bon, Amelia, nous nous voyons dans quinze jours, alors.

— Et la prochaine fois que je vous présenterai

un roman comme le meilleur du programme d'hiver, peut-être que vous m'écouterez !

— Probablement pas. Je suis vieux, et une vraie tête de mule.

— Vous n'êtes pas si vieux.

— Comparé à M. Friedman, peut-être, réplique A.J. en s'éclaircissant la voix. Et si nous sortions dîner en ville, tous les deux, quand vous viendrez.

Les représentants et les libraires se retrouvent souvent autour d'un repas, mais Amelia détecte une dissonance dans la voix d'A.J. et préfère clarifier les choses :

— Nous en profiterons pour discuter du nouveau programme d'hiver.

— Oui, bien sûr, s'empresse d'ajouter A.J. C'est un si long trajet pour vous de venir jusqu'à Alice. Vous aurez faim. J'aurais d'ailleurs dû vous le proposer bien plus tôt, quel mufle !

— Allons plutôt déjeuner, dans ce cas. Il ne faut pas que je rate le dernier ferry pour Hyannis.

*
* *

A.J. décide d'emmener Amelia au Pequod, le deuxième meilleur restaurant de fruits de mer de l'île. El Corazon, classé premier, n'est pas ouvert pour le déjeuner et puis de toute façon, sa décoration aurait été bien trop romantique pour un déjeuner d'affaires.

A.J. arrive le premier, ce qui lui laisse le temps de regretter son choix. Il n'est pas venu dans cet endroit depuis qu'il a Maya, et son cadre touristique l'embarrasse autant qu'il le choque. Les jolies nappes en lin blanc ne suffisent pas à faire oublier les harpons, filets et imperméables suspendus aux murs, ou le capitaine sculpté dans un rondin qui vous accueille avec un seau de caramels au beurre salé. Une baleine en fibre de verre avec de petits yeux tristes est fixée au plafond. A.J. l'entend d'ici donner son avis : *T'aurais dû opter pour El Corazon, trésor.*

Amelia se présente avec cinq minutes de retard.

— Le Pequod, comme dans *Moby Dick*, dit-elle.

Elle porte une robe – qui semble taillée dans une nappe en crochet – sur une combinaison rose rétro. Elle a une marguerite en plastique dans ses boucles blondes et des chaussures en caoutchouc alors qu'il fait beau. Avec cet attirail, on dirait une louvette prête à affronter la tempête, pense A.J.

— Vous aimez *Moby Dick* ? lui demande-t-il.

— Je déteste ce livre. Et je n'emploie pas souvent ce terme-là. Les enseignants le font lire à leurs élèves et les parents s'en réjouissent sous prétexte que leurs marmots découvrent un bouquin de « qualité ». Mais on dégoûte les enfants de la lecture en les forçant à lire ça.

— Je suis surpris que vous n'ayez pas annulé notre déjeuner en découvrant le nom du restaurant.

— Oh, ça m'a effleurée, lui répond-elle avec amusement. Mais je me suis dit que ce n'était qu'un nom et qu'il n'aurait sans doute pas d'incidence sur la qualité des plats. Et puis j'ai jeté un coup d'œil aux commentaires sur Internet. Ça avait l'air délicieux.

— Vous ne me faisiez pas confiance ?

— Non. Je préfère avoir une idée de ce que je vais manger avant d'arriver. J'adore an-ti-ci-per. (Elle ouvre le menu.) Je vois qu'ils proposent de nombreux cocktails rebaptisés d'après les personnages de *Moby Dick*. (Elle tourne la page.) En tout cas, si j'avais voulu éviter de déjeuner ici, j'aurais probablement prétexté une allergie aux crustacés.

— Une fausse allergie alimentaire. C'est très machiavélique de votre part, commente A.J.

— Je ne pourrai plus vous sortir cette excuse, désormais.

La chemise blanche bouffante du serveur jure avec ses lunettes noires et sa coupe de cheveux soigneusement étudiée. Il a le look d'un pirate branché.

— Ohé, marins d'eau douce, lance-t-il sur un ton monocorde. Parés pour un cocktail thématique ?

— D'habitude je m'en tiens au Old Fashioned, mais comment résister à un cocktail thématique ? réplique Amelia. Un Queequeg, s'il vous plaît. (Elle attrape la main du garçon.) Attendez. Est-ce que c'est bon ?

— Euh, les touristes semblent satisfaits.

— Bon, dans ce cas…

— Euh, soyons clairs, vous le commandez ou pas ?

— Oui, je le prends. Advienne que pourra. (Elle lui décoche un sourire.) S'il est mauvais, je ne vous le reprocherai pas.

A.J., de son côté, choisit un verre de vin rouge cuvée du patron.

— C'est triste, commente Amelia. Je parie que vous passerez votre vie sans avoir goûté un Queequeg alors que vous habitez ici, que vous tenez une librairie, et que vous aimez probablement *Moby Dick*.

— De toute évidence, vous êtes bien plus évoluée que moi.

— Je vois ça. Et après ce cocktail, ma vie ne sera sans doute plus jamais la même. (Le serveur revient avec la commande.) Oh, regardez ! Une crevette percée d'un petit harpon. C'est charmant ! (Amelia dégaine son portable pour la photographier.) J'aime prendre mes boissons en photo.

— Elles font un peu partie de votre famille.

— Elles occupent même la première place.

Amelia lève son verre pour trinquer avec A.J.

— Alors ? Verdict ? s'enquiert-il.

— Salé, fruité, avec un léger goût de poisson. On croirait presque qu'un cocktail de crevettes a décidé de faire l'amour à un Bloody Mary.

— Cette image sonne bien dans votre bouche, « faire l'amour ». Cela étant, le cocktail semble infect.

Elle boit une deuxième gorgée et hausse les épaules.

— Il me plaît de plus en plus.

— Si tous les restaurants portaient le nom d'un livre, lequel choisiriez-vous ? l'interroge A.J.

— Ah, là, vous me posez une colle. Cela va vous paraître insensé, mais à l'université, *L'Archipel du goulag* m'ouvrait l'appétit. J'avais une faim de loup en lisant les descriptions du pain et de la soupe des camps soviétiques.

— Vous êtes bien étrange.

— Merci. Et vous ? Où iriez-vous ? lui demande Amelia.

— Ce ne serait pas un restaurant en tant que tel, mais j'ai toujours eu envie de goûter les loukoums de Narnia. Quand j'étais petit, j'ai lu *Le Lion, la Sorcière blanche et l'Armoire magique*. Je me suis dit que les loukoums devaient être sacrément bons pour avoir convaincu Edmond de trahir sa famille. J'ai dû en parler à ma femme parce qu'une année, Nic m'en a rapporté une boîte pour les vacances.

J'ai ainsi découvert ces confiseries pâteuses et gluantes. Je crois n'avoir jamais été aussi déçu de toute ma vie.

— Cela a signé la fin officielle de votre enfance.

— Je n'ai plus jamais été le même.

— Peut-être que ceux de la sorcière blanche n'avaient pas le même goût. La magie les a sans doute rendus meilleurs.

— Ou peut-être que Lewis voulait démontrer qu'il n'en fallait pas beaucoup à Edmond pour trahir sa famille.

— Une idée bien cynique, déclare Amelia.

— Avez-vous déjà mangé des loukoums, Amelia ?

— Non.

— Il faudra que je vous en trouve.

— Et s'ils étaient à mon goût ?

— Vous baisseriez sans doute dans mon estime.

— Eh bien, je n'ai pas l'intention de mentir simplement pour entrer dans vos bonnes grâces, A.J. L'honnêteté reste l'une de mes plus grandes qualités.

— Vous venez pourtant de me dire que vous auriez prétexté une allergie aux fruits de mer pour échapper à ce déjeuner.

— Oui, mais je l'aurais fait pour ne pas vexer un client. Je ne pourrais pas mentir sur une affaire aussi importante que les loukoums.

Ils commandent leurs plats, puis Amelia sort le programme d'hiver de son fourre-tout.

— Revenons à Knightley.

— Knightley, répète-t-il.

Elle parcourt son catalogue, omet, sans scrupules, de mentionner les titres qui ne plairont pas à A.J., insiste sur les grands espoirs de l'éditeur et réserve ses plus beaux qualificatifs pour ses préférés. Face à certains clients, il ne faut pas hésiter à mentionner les citations élogieuses et souvent extravagantes d'écrivains confirmés qui figurent en quatrième de couverture. Mais A.J. n'entre pas dans cette catégorie. Dès leur deuxième ou troisième entrevue, il avait qualifié cette pratique de « pomme de discorde » éditoriale. Amelia le connaît mieux désormais. Inutile de préciser que son boulot s'en trouve facilité. Il me fait davantage confiance, se dit-elle, ou peut-être que la paternité l'a assagi. (Il vaut mieux garder ce genre de commentaire pour soi.) A.J. s'engage à lire plusieurs épreuves.

— Vous n'attendrez pas quatre ans, j'espère, le taquine Amelia.

— Je tâcherai de ne pas excéder trois ans, répond-il avant de marquer un temps. Et si nous commandions un dessert. Ils doivent bien avoir une glace Baleine ou autre chose de ce genre.

Amelia pousse un grognement.

— Je trouve cette insinuation vraiment douteuse.

— Au fait, si vous me permettez une question, pourquoi *Marié sur le tard* était-il votre préféré ? Vous êtes une jeune…

— Je ne suis pas si jeune. J'ai trente-cinq ans.

— C'est encore jeune, insiste A.J. Je veux dire, vous n'avez probablement pas encore partagé les expériences que M. Friedman décrit. Après l'avoir lu, quand je vous regarde, je me demande ce qui vous a touchée dans cet ouvrage.

— Eh bien, monsieur Fikry, en voilà une question bien indiscrète, rétorque Amelia avant de terminer son deuxième Queequeg. La principale raison pour laquelle j'ai apprécié ce livre est la qualité du style, bien sûr.

— Bien sûr. Mais cela ne suffit pas.

— Disons que j'avais fait beaucoup, beaucoup de rencontres décevantes au moment où ce livre est arrivé sur mon bureau. Je suis romantique mais il m'arrive de traverser des épreuves qui ne le sont pas du tout. Ce livre évoque la possibilité de trouver l'amour à n'importe quel âge. Ça paraît très cliché, je sais.

A.J. hoche la tête.

— Et vous ? Qu'est-ce qui vous a plu dans ce livre ? demande-t-elle à son tour.

— La qualité de la prose, bla, bla, bla…

— Je croyais qu'on n'avait pas le droit de se limiter à cette réponse.

— Vous n'allez pas me dire que vous souhaitez écouter mes tristes histoires, n'est-ce pas ?

— Mais si, lui assure-t-elle. J'adore ça.

A.J. lui donne la version courte de la mort de Nic.

— Friedman aborde un thème en particulier, la perte d'un être cher. Ce n'est pas simple. Il décrit très bien la façon dont tout vous échappe.

— Quand est-elle décédée ? demande Amelia.

— Il y a un moment maintenant. J'étais à peine plus vieux que vous à l'époque.

— Ça doit faire un sacré bail, alors, dit-elle.

A.J. ignore sa pique.

— *Marié sur le tard* aurait vraiment dû être un best-seller.

— Je sais. J'envisage d'en faire lire certains passages à mon mariage.

A.J. garde le silence un instant.

— Alors comme ça, vous vous mariez, Amelia. Mes félicitations. Qui est l'heureux élu ?

Elle remue son cocktail rouge tomate avec son

harpon, cherchant à capturer la crevette qui s'est échappée sans crier gare.

— Il s'appelle Brett Brewer. Je commençais à perdre espoir quand je l'ai rencontré sur Internet.

A.J. boit le dépôt amer qui restait au fond de son verre de vin rouge.

— Mais encore.

— Il est dans l'armée, en service outre-mer, en Afghanistan.

— Bravo, ma chère. Vous allez épouser un héros américain.

— On dirait, oui, répond-elle avec un sourire.

— Je déteste ces gars-là. Je me sens complètement inutile à côté d'eux. Parlez-moi de ses horribles défauts que je me sente mieux.

— Eh bien, il ne rentre pas souvent.

— Il doit beaucoup vous manquer.

— Oui. Mais j'avance dans mes lectures du coup.

— C'est bien. Et lui ? Il lit beaucoup ?

— En fait, non. Ce n'est pas un grand lecteur. Plutôt intéressant, non ? Je veux dire, c'est plutôt intéressant de sortir avec quelqu'un qui, euh..., ne s'intéresse pas aux mêmes choses que moi. Je ne sais pas pourquoi j'emploie le verbe intéresser à tout bout de champ. Enfin, c'est surtout un type bien.

— Et gentil avec vous ?

Elle acquiesce.

— Que demander de plus ? Et puis, personne n'est parfait, ajoute A.J. On lui a probablement fait lire *Moby Dick* au lycée.

Amelia empale sa crevette.

— Euh, commente-t-elle. Et votre femme... était-elle une grande lectrice ?

— Et une écrivaine. Je ne m'en ferais pas pour ça, à votre place. La lecture, c'est surfait. Il suffit de voir tous les bons programmes diffusés à la télévision. Comme *True Blood* par exemple.

— Vous vous moquez de moi.

— Bah, les livres sont tout juste bons pour les intellos, rétorque A.J.

— Des gens comme nous.

A.J. règle l'addition alors que la tradition veut que ce soit le représentant qui le fasse.

— Vous êtes sûr ? demande Amelia.

A.J. lui répond qu'elle n'aura qu'à l'inviter la prochaine fois.

À la sortie du restaurant, Amelia et A.J. se serrent la main et échangent les civilités d'usage. Elle fait demi-tour vers le ferry et quelques secondes plus tard, A.J. s'achemine de son côté vers la librairie.

— Hé, A.J., lui crie-t-elle alors. Il y a quelque chose d'héroïque dans le fait de tenir une librairie tout comme dans celui d'adopter une enfant.

— Je fais ce que je peux, répond-il en s'inclinant. (Il s'aperçoit alors qu'il n'arrive plus à se redresser aussi rapidement qu'avant.) Merci, Amelia.

— Mes amis m'appellent Amy.

*

* *

Maya n'a jamais vu A.J. aussi débordé.

— Papa, s'enquiert-elle. Pourquoi est-ce que tu as autant de devoirs à faire ?

— Ce sont surtout des travaux extrascolaires, répond-il.

— Ça veut dire quoi, extrascolaire ?

— J'irais voir, à ta place.

Avec une petite fille à la langue bien pendue et un commerce à faire tourner, ce n'est pas une mince affaire de lire intégralement le programme d'une maison d'édition, même aussi modeste que Knightley. Après avoir passé en revue tous les titres, A.J. envoie un e-mail à Amelia pour lui donner son avis. Il ne parvient pas à l'appeler Amy dans son message bien qu'elle lui en ait donné la permission. S'il est séduit par un ouvrage, A.J. le lui signale par téléphone. Si, au contraire, le livre lui a déplu, il se contente de lui envoyer un texto : *Pas pour moi*. Quant à Amelia, c'est la première fois qu'un client lui prête autant d'attention.

N'avez-vous aucun autre programme à lire ? lui écrit-elle par SMS.

A.J. réfléchit un long moment avant de lui faire parvenir sa réponse. Sa première ébauche se résume à : *Je n'apprécie aucun de leur repré autant que vous*. Mais il trouve que c'est bien trop effronté pour l'adresser à la fiancée d'un héros américain. Il reprend : *Knightley ne m'avait pas habitué à des programmes aussi attrayants*.

La commande d'A.J. est tellement importante qu'elle attire la curiosité du patron d'Amelia.

— C'est bien la première fois qu'un petit client comme la Librairie de l'île nous prend autant de livres. Nouveau patron ? lui demande-t-il.

— Non, toujours le même, lui répond Amelia. Mais il a changé depuis le jour de notre rencontre.

— Eh bien, vous avez dû lui sortir le grand jeu. Ce gars-là s'assure toujours de pouvoir écouler sa marchandise avant de passer commande. Harvey n'a jamais obtenu de tels résultats avec lui.

A.J. finit par lire le dernier ouvrage de la liste. Il s'agit d'un charmant témoignage sur la maternité, le scrapbooking, et la vie d'écrivain, signé par une poétesse canadienne qu'A.J. a toujours estimée. Son autobiographie ne fait que cent cinquante pages, A.J. met pourtant deux semaines à le terminer. Il semble incapable de venir à bout d'un chapitre sans s'assoupir ou être distrait par Maya. Une fois le livre achevé, il n'arrive pas à rédiger son commentaire. Le style est plutôt raffiné, et les clientes de la librairie pourraient y être sensibles. Le vrai problème ? Le voici : lorsque A.J. aura envoyé son commentaire à Amelia, il n'aura plus de raison valable pour la contacter avant l'été prochain. Il l'aime bien et peut-être est-ce réciproque malgré leur première rencontre désastreuse. Mais… A.J. Fikry n'est pas du genre à voler la fiancée d'un autre. Il ne croit pas en « l'âme sœur ». Il y a des milliards d'individus sur la planète ; personne ne sort du lot à ce point. Et puis d'ailleurs, il connaît à peine Amelia Loman. Admettons qu'il la vole à son fiancé, que faire s'ils s'avéraient sexuellement incompatibles ?

A.J. reçoit un texto d'elle : *Que se passe-t-il ? Il ne vous a pas plu ?*

Malheureusement, ce n'est pas pour moi, lui répond-il. *Hâte de découvrir le programme d'été. Bien à vous, A.J.*

Ce message choque la représentante. Elle le trouve trop professionnel, méprisant. Elle songe un instant à prendre son téléphone pour l'appeler mais se ravise et lui écrit plutôt : *En attendant, vous devriez regarder*

True Blood. C'est la série préférée d'Amelia. Ils se taquinent souvent à ce sujet, elle est persuadée que *True Blood* pourrait le faire changer d'avis sur les vampires. Amelia s'identifie beaucoup à Sookie Stackhouse. *Ça n'arrivera pas, Amy*, lui écrit A.J. *Nous nous verrons en mars*.

Il lui faudra attendre quatre mois et demi. A.J. est certain que d'ici là, son béguin se sera évanoui ou du moins atténué.

Il faudra attendre quatre mois et demi.

Maya s'inquiète, elle a le sentiment que quelque chose ne va pas. Il lui avoue être triste à l'idée de ne pas revoir son amie pendant un moment.

— Amelia ? soupçonne la petite.

— Comment tu le sais ?

L'enfant roule les yeux et A.J. se demande où et quand elle a appris cette mimique.

Ce soir-là, Lambiase convoque son club de lecture, « Le Choix du Chef », à la librairie – sélection : *L.A. Confidential*. Après la réunion, tradition oblige, A.J. et lui partagent une bouteille.

— Je crois que j'ai rencontré quelqu'un, lui confie le libraire, adouci par les effets du premier verre.

— Bonne nouvelle, commente Lambiase.

— Le problème, c'est qu'elle est fiancée à un autre.

— Mauvais timing, déclare son ami. Je suis officier de police depuis vingt ans maintenant et laisse-moi te dire que dans la vie, la plupart des mésaventures résultent d'un mauvais timing et les joies, d'un bon.

— Ça me paraît terriblement réducteur.

— Réfléchis. Si on ne t'avait pas volé *Tamerlan*, tu n'aurais pas laissé la porte ouverte et Marian Wallace n'aurait pas abandonné la petite dans ta librairie. C'était pas un bon timing, ça ?

— D'accord. Mais j'ai rencontré Amelia il y a quatre ans, conteste A.J. Et je n'avais jamais fait attention à elle jusqu'à récemment.

— Encore un mauvais timing. Ta femme venait de mourir. Et puis tu as eu Maya.

— Ça ne me console pas beaucoup.

— Enfin, ça fait du bien de savoir que ton cœur fonctionne toujours, non ? Tu veux que je te trouve quelqu'un ?

A.J. secoue la tête.

— Allez, insiste Lambiase. Je connais toute la ville.

— Malheureusement, c'est une petite ville.

Pour le réconforter, son ami lui arrange un rendez-vous avec sa cousine, une blonde décolorée aux racines noires. Elle a des sourcils trop épilés, le visage en forme de cœur, et une voix aiguë à la Michael Jackson. Son haut dévoile son nombril et souligne son soutien-gorge pigeonnant qui offre un bien triste perchoir à son collier avec son nom gravé. Elle s'appelle Maria. Au moment d'entamer les bâtonnets de mozzarella frits, ils sont à court de sujets de conversation.

— Quel est votre livre préféré ? hasarde A.J., histoire de la faire parler.

Elle mâchouille son bâtonnet et serre son collier comme un rosaire.

— C'est une question piège, pas vrai ?

— Non, il n'y a pas de mauvaise réponse, répond A.J. Je suis simplement curieux.

Elle boit une gorgée de vin.

— Ou vous pourriez me donner le titre du livre

qui a le plus marqué votre vie. Je cherche juste à vous connaître un peu.

Elle prend une nouvelle rasade.

— Et si vous me parliez de la dernière chose que vous avez lue.

— La dernière chose que j'ai lue…, répète-t-elle en fronçant les sourcils. C'est ce menu.

— Et moi, votre prénom sur le collier, dit A.J., Maria.

Après ça, le reste du repas est tout à fait cordial. Maria ne lui révélera jamais quelles sont ses lectures.

Plus tard, Margene, l'employée de la librairie, lui arrange un rendez-vous avec sa voisine, une femme pompier pleine de vie répondant au nom de Rosie. Cette dernière a les cheveux noirs avec une mèche bleue, des biceps impressionnants, un rire tonitruant, et des ongles courts au vernis rouge avec des flammes orange. Rosie était championne de course de haies au lycée et elle aime les ouvrages sur l'histoire du sport ou les biographies d'athlètes. À leur troisième rendez-vous, alors qu'elle lui décrit un passage dramatique du livre de Jose Canseco[1], A.J. l'interrompt :

— Tu sais qu'ils ont tous été rédigés par des nègres.

Rosie est au courant mais s'en fiche.

— Ses performances physiques demandent beaucoup d'entraînements et de pratique. Où trouverait-il le temps d'apprendre à écrire des livres ?

— Mais ces livres… enfin, ce ne sont que des tissus de mensonges.

Rosie penche la tête vers A.J. et tapote ses ongles décorés de flammes sur la table.

1. Célèbre joueur de baseball d'origine cubaine.

— Tu es snob, tu sais ? Tu dois passer à côté de beaucoup de choses, du coup.

— On me l'a déjà dit.

— On trouve tous les principes de la vie dans une biographie de sportif, poursuit-elle. En t'entraînant assidûment, tu réussis, mais il arrive que ton corps lâche et alors c'est la fin.

— On croirait entendre le résumé d'un des derniers romans de Philip Roth, commente-t-il.

Rosie croise les bras.

— C'est le genre de truc que tu sors pour jouer au plus malin, pas vrai ? Mais en réalité, tout ce que tu fais, c'est renvoyer ton interlocuteur à sa bêtise.

Cette nuit-là, au lit, après des ébats plus proches du match de catch que de la communion des corps, Rosie roule sur le côté, loin de lui, et lâche :

— Je ne suis pas sûre d'avoir envie de te revoir.

— Je suis désolé si je t'ai vexée tout à l'heure, dit-il en remettant son pantalon. À propos des mémoires de sportifs.

Elle agite la main.

— Ne t'en fais pas. Tu es comme ça, voilà tout.

A.J. la soupçonne d'avoir raison. Il n'est qu'un snob misanthrope. Il va éduquer sa fille, tenir son commerce, lire ses livres, et cela suffira amplement, tranche-t-il.

*

* *

Sur l'insistance d'Ismay, il est convenu que Maya prendra des cours de danse.

— Tu ne veux pas la pénaliser par rapport à ses camarades ? lance Ismay.

— Bien sûr que non, répond A.J.

— Eh bien, la danse, c'est important. Pas seulement physiquement, mais pour la sociabilité aussi. Tu ne veux pas qu'elle soit inadaptée ?

— Je ne sais pas… Inscrire une petite fille à des cours de danse. N'est-ce pas un peu dépassé ?

A.J. doute que Maya soit faite pour ce sport. Malgré ses six ans, c'est une cérébrale – toujours plongée dans un livre, à la librairie comme à la maison.

— Elle n'est pas inadaptée, ajoute-t-il. Elle lit des chapitres entiers à présent.

— Sur le plan intellectuel, c'est clair. Mais elle semble préférer ta compagnie à celle des autres, celle des enfants de son âge notamment et ça n'est pas très sain.

— Et pourquoi donc ?

A.J. sent désormais un picotement désagréable le long de sa colonne vertébrale.

— Parce qu'elle va finir comme toi.

— Et quel mal y aurait-il à cela ?

Ismay lui jette un regard comme si la réponse coulait de source.

— Écoute, A.J. Vous vivez en vase clos, tous les deux. Tu ne vois personne…

— Si, je sors.

— Tu ne pars jamais en voyage.

— Ce n'est pas de moi qu'il s'agit, l'interrompt-il.

— Arrête d'ergoter tout le temps. Tu m'as demandé d'être la marraine de la petite et je te dis de l'inscrire à la danse. Je paierai ce qu'il faut, alors cesse de te battre contre moi.

Il n'y a qu'une école de danse sur Alice et qu'un seul cours pour les petites filles entre cinq et six ans.

La directrice et professeure s'appelle Mme Olenska. Elle a une soixantaine d'années. Elle n'est pas en surpoids, mais sa peau s'affaisse, abandonnée par ses muscles qui ont fondu au fil des années. Les articulations de ses doigts ploient sous le nombre de bagues. Cette femme fascine autant qu'elle terrifie les enfants et produit le même effet sur A.J. La première fois qu'il dépose Maya à son cours, Mme Olenska lui dit :

— Monsieur Fikry, vous êtes le premier homme à mettre les pieds ici depuis vingt ans. Nous devons tirer parti de votre présence.

On croirait entendre une invitation à la débauche avec son accent russe mais en réalité, elle requiert son aide pour le spectacle de fin d'année. Il construit et peint un décor composé de cageots qui font penser à un pâté de maisons d'enfants, avec des faux yeux en plastique, des cloches, des fleurs. Ensuite, il transforme des cure-pipes rutilants en moustaches ou antennes. (A.J. craint de ne jamais pouvoir se débarrasser des paillettes incrustées sous ses ongles.)

Cet hiver-là, il passe beaucoup de temps en compagnie de Mme Olenska et en apprend beaucoup à son sujet. Sa meilleure élève était sa fille, devenue danseuse dans une compagnie de Broadway. Les deux femmes ne se sont plus adressé la parole depuis une dizaine d'années. Mme Olenska agite ses doigts noueux sous son nez :

— Faites en sorte que ça ne vous arrive jamais, l'avertit-elle. (Elle jette un coup d'œil tragique par la fenêtre avant de se retourner lentement vers lui.) Vous achèterez un encart publicitaire pour votre librairie dans notre programme.

Il ne s'agit pas d'une question. Sa boutique devient

l'unique sponsor de *Casse-noisette, Rodolphe et ses amis*. Il y a un coupon de réduction pour tout achat dans sa librairie au dos du programme. A.J. va même plus loin en fournissant un panier rempli de livres sur la danse pour la tombola qui servira à payer le voyage au Ballet de Boston.

De son stand, A.J. assiste au spectacle, épuisé et même un peu fiévreux. L'ordre de passage a été décidé en fonction des talents des élèves, aussi le groupe de Maya entre-t-il en scène le premier. C'est un petit rat plus enthousiaste que gracieux. Elle s'abandonne à ses figures, plissant le nez comme un rongeur. Elle agite sa queue en cure-pipe qu'A.J. a eu toutes les peines du monde à fixer sur son costume. Il sait qu'elle ne fera pas carrière dans la danse.

Ismay, qui tient le stand avec lui, lui tend un mouchoir.

— J'ai pris froid, dit-il.

— C'est sûr, lui répond sa belle-sœur.

À la fin de la soirée, Mme Olenska vient le retrouver.

— Merci, monsieur Fikry, vous êtes un type bien.

— J'ai surtout une enfant formidable.

Il doit encore récupérer son petit rat dans les coulisses.

— Oui, mais une enfant, ça ne suffit pas. Vous devez vous trouver une femme bien.

— Ma vie me plaît comme elle est, réplique A.J.

— Vous pensez vous en contenter mais les enfants grandissent. Et le travail ne remplace pas la chaleur humaine.

Il la soupçonne d'avoir déjà descendu plusieurs vodkas Stolichnaya.

— Bonnes vacances, madame Olenska.

En rentrant chez lui à pied avec Maya, il repense à ce que la professeure lui a dit. Cela fera bientôt six ans qu'il est célibataire. Le chagrin est difficile à supporter, mais la solitude ne l'a jamais perturbé outre mesure. Et puis, il ne veut pas de la chaleur d'un corps âgé. Il veut Amelia Loman avec son grand cœur et ses horribles frusques. Ou du moins quelqu'un comme elle.

Il commence à neiger et les flocons restent accrochés aux moustaches de Maya. Il aimerait la prendre en photo sur le vif, sans avoir à s'arrêter.

— Les moustaches te vont bien, lui dit-il.

Ce compliment soulève tout un tas de commentaires sur le spectacle, qu'A.J. n'écoute que d'une oreille.

— Sais-tu quel âge j'ai, Maya ?

— Oui, lui répond-elle. Vingt-deux ans.

— Je suis un peu plus vieux que ça.

— Quatre-vingt-neuf ?

— J'ai…

Il lève quatre fois ses mains puis trois doigts.

— Quarante-trois ?

— Très bien. J'ai quarante-trois ans. Ces dernières années m'ont appris qu'il vaut mieux aimer et perdre et blablabla… et être seul que mal accompagné. Tu es d'accord avec moi ?

Elle hoche solennellement la tête et ses oreilles de souris manquent de se décrocher.

— Il m'arrive néanmoins d'en avoir assez de recevoir des leçons. (Il observe le visage intrigué de sa fille.) Tes pieds sont-ils mouillés ?

Elle acquiesce. A.J. s'agenouille devant elle pour lui permettre de grimper sur son dos.

— Passe tes bras autour de mon cou. (Une fois qu'elle est bien accrochée, il se redresse avec un grognement.) Tu es plus lourde qu'avant.

— Qu'est-ce que c'est ? demande-t-elle en touchant le lobe de son oreille.

— Je portais une boucle d'oreille autrefois.

— Pourquoi ? Tu étais un pirate ?

— J'étais jeune, répond-il.

— Comme moi ?

— Un peu plus vieux. Il y avait cette fille.

— Une femme pirate ?

— Une femme tout court. Elle adorait The Cure, un groupe de musique, et elle trouvait ça cool que je me fasse percer l'oreille.

Maya marque un temps de réflexion.

— Est-ce que tu avais un perroquet ?

— Non, une petite amie.

— Le perroquet pouvait parler ?

— Non, puisqu'il n'y en avait pas.

La petite cherche à le taquiner.

— Comment s'appelait-il ?

— Il n'y a jamais eu de perroquet.

— Mais si tu en avais eu un, comment tu l'aurais appelé ?

— Qu'est-ce qui te fait dire que c'était un mâle ? demande A.J.

— Oh ! s'écrie-t-elle en portant ses deux mains à sa bouche et manquant basculer vers l'arrière.

— Accroche-toi à mon cou ou tu vas finir par tomber. Peut-être s'appelait-il Amy.

— Amy, le perroquet. Je le savais. Est-ce que tu avais un navire ? l'interroge Maya.

— Oui. Il y avait des livres à son bord. Il s'agissait

d'ailleurs plus d'un bateau de recherches. On travaillait beaucoup.

— Oh, mais tu gâches l'histoire !

— C'est un fait, Maya. Il existe deux sortes de pirates : les meurtriers et les chercheurs. Ton papa appartenait à la seconde catégorie.

*

* *

L'île n'est jamais une destination très prisée pendant l'hiver mais cette année-là, le temps est particulièrement rigoureux. Les routes se sont transformées en patinoires, et le service des ferries est interrompu plusieurs jours d'affilée. Même Daniel Parish est coincé chez lui. Il écrit un peu, évite son épouse, et passe le reste de son temps en compagnie d'A.J. et Maya.

Comme la plupart des femmes, Maya aime bien Daniel. Lorsqu'il vient à la librairie, il lui parle normalement sans la prendre pour une imbécile sous prétexte qu'elle est une enfant. Malgré ses six ans, elle est sensible à la condescendance. Daniel lui demande toujours ce qu'elle lit et ce qu'elle pense. Et puis il a des sourcils blonds broussailleux et une voix de velours.

Un après-midi, juste après le Nouvel An, Daniel et Maya sont occupés à lire, assis par terre dans la librairie quand la petite se tourne vers lui et lui dit :

— Oncle Daniel, j'ai une question à te poser. Est-ce qu'il t'arrive d'aller travailler ?

— Je travaille, en ce moment même, Maya.

Elle ôte ses lunettes et les essuie sur sa chemise.

— On dirait plutôt que tu lis. Il n'y a pas un endroit

où tu vas pour travailler ? poursuit-elle. Lambiase est policier. Papa est libraire. Et toi ?

Daniel la prend dans ses bras et l'emmène au rayon réservé aux auteurs locaux. Par égard pour son beau-frère, A.J. propose tous ses livres, même si le premier – *Les Enfants dans le pommier* – est le seul à se vendre. Daniel montre à la petite son nom figurant sur la tranche.

— C'est moi, c'est mon boulot.

Maya fait les gros yeux.

— Daniel Parish. Tu écris des livres. Tu es un é… (Elle prononce ce mot avec déférence.) Un écrivain. De quoi ça parle ?

— Des folies d'un homme. Il s'agit d'une histoire d'amour et d'une tragédie.

— C'est très vague, lui fait-elle remarquer.

— C'est l'histoire d'une infirmière qui passe sa vie à prendre soin des autres. Elle a un accident de voiture et pour la première fois de sa vie, ce sont les autres qui doivent s'occuper d'elle.

— Ça ne ressemble pas aux livres que je lis d'habitude.

— Un peu mièvre, hein ?

— Noooon. (Elle ne veut surtout pas le blesser.) Mais je préfère les romans avec plus d'action.

— Plus d'action, hein ? Moi aussi. La bonne nouvelle, mademoiselle Fikry, c'est qu'en passant du temps à lire d'autres bouquins, j'apprends à m'améliorer, lui explique Daniel.

Maya réfléchit un instant.

— Je veux faire ce travail.

— Comme beaucoup de gens, ma puce.

— Comment il faut faire ?

— Je viens de te le dire : il faut lire.

Maya hoche la tête.

— C'est ce que je vais faire.

— Il faut un bon siège.

— J'en ai un.

— Alors, tu es sur la bonne voie, lui assure-t-il en la reposant par terre. Je t'apprendrai le reste plus tard. Tu es de très bonne compagnie, tu sais ?

— Papa me l'a déjà dit.

— C'est un homme intelligent. Chanceux et bon. Toi aussi, tu es intelligente.

A.J., qui se trouve au premier, appelle Maya pour le dîner.

— Veux-tu te joindre à nous ? demande-t-il à Daniel.

— C'est un peu tôt pour moi, lui répond-il. Et puis, j'ai du pain sur la planche, ajoute-t-il en adressant un clin d'œil à la petite.

*
* *

Le mois de mars arrive enfin. La neige fond, laissant de la boue derrière elle. Le service des ferries reprend, tout comme les errements de Daniel Parish. Les représentants débarquent en ville avec leurs offres estivales et A.J. se montre plus aimable avec eux que d'ordinaire. Il porte une cravate pour signifier à Maya qu'il « travaille » et non qu'il « traîne à la maison ».

A.J. fixe le rendez-vous d'Amelia en dernier, peut-être parce que c'est celui qu'il attend le plus.

Environ deux semaines avant la date fatidique, il lui

envoie un texto : *Est-ce que le Pequod vous convient ou préférez-vous découvrir un nouveau restaurant ?*

Les Queequegs sont pour moi, cette fois, répond-elle. *Avez-vous regardé* True Blood *?*

L'hiver ayant été particulièrement rude cette année, A.J. n'est pas sorti. Il attendait que Maya soit couchée pour regarder les épisodes des quatre saisons. Il ne lui a pas fallu longtemps pour l'apprécier plus qu'il ne l'aurait cru – à mi-chemin entre les romans gothiques de Flannery O'Connor, *La Chute de la maison Usher* et *Caligula*. Il a justement prévu de surprendre Amelia avec ses connaissances sur *True Blood* lors de son prochain passage en ville.

Vous devrez attendre nos retrouvailles pour le savoir, lui écrit-il sans pour autant appuyer sur « envoyer ». Le message lui paraît trop provocant. Il ignore à quand était fixé le mariage d'Amelia. Elle pourrait tout aussi bien être mariée à présent. *À jeudi prochain,* préfère-t-il lui dire.

La veille, il reçoit un appel d'un numéro inconnu. C'est Brett Brewer, le héros américain. Il s'exprime avec un accent du Sud comme Bill dans *True Blood*. On croirait qu'il l'a pris exprès, se dit A.J., bien qu'il n'y ait aucune raison pour un héros américain de s'inventer un accent.

— Monsieur Fikry ? Brett Brewer à l'appareil. J'appelle de la part d'Amelia. Elle a eu un accident, alors elle m'a chargé de reporter vot' rendez-vous.

A.J. s'efforce de contrôler sa respiration et desserre sa cravate.

— J'espère que ce n'est rien de grave.

— J'ai pas arrêté de lui dire de ne plus met' ses galoches. Elles protègent bien de la pluie mais sont plutôt dangereuses quand il neige, voyez ? Ben, elle a glissé sur une marche verglacée, ici, à Providence. Je l'avais bien prévenue pourtant. Et elle s'est cassé la cheville. On l'opère en ce moment même. Rien de bien sérieux, mais elle va d'voir rester couchée pendant un bon bout d'temps.

— Transmettez toutes mes amitiés à votre fiancée, voulez-vous ?

Un silence. A.J. se demande s'ils ont été coupés.

— Ça marche, lance Brett avant de raccrocher.

A.J. est soulagé qu'Amelia ne se soit pas gravement blessée, mais légèrement déçu qu'elle ne vienne pas. (Et que le héros américain soit toujours dans les parages.)

Il envisage de lui faire porter un bouquet de fleurs ou un livre, mais décide finalement de lui envoyer un texto. Il essaie de trouver une citation de *True Blood*, un truc susceptible de la faire rire. Mais toutes celles qu'il trouve sur Google lui semblent un peu osées. *Désolé d'apprendre que vous vous êtes blessée,* lui écrit-il. *Avais bien hâte de découvrir le programme estival de Knightley. Espère pouvoir refixer le rendez-vous bientôt. D'ailleurs, et ça me coûte de le dire : « Faire boire du sang de vampire à Jason Stackhouse c'est comme donner des smarties à un diabétique. »*

Six heures plus tard, il reçoit une réponse d'Amelia : *VOUS L'AVEZ REGARDÉE !!!*

A.J. : *Eh oui !*

Amelia : *Pourrait-on discuter du programme par téléphone ou Skype ?*

A.J. : *C'est quoi, Skype ?*

Amelia : *Dois-je donc tout vous apprendre ?*

Une fois qu'elle lui a expliqué de quoi il s'agit, ils conviennent de se contacter par ce biais.

A.J. est content de la voir, même sur un écran. Tandis qu'elle lui présente les nouveaux titres, il s'aperçoit qu'il a du mal à l'écouter. Toute son attention est concentrée sur les touches ameliesques qui décorent l'arrière-plan de l'image : un pot en terre cuite contenant des fleurs agonisantes, ce qui ressemble à un diplôme de Vassar, une figurine d'Hermione Granger qui dodeline de la tête, une photo encadrée d'Amelia et de ses parents, une lampe recouverte d'un foulard à pois, une agrafeuse qui fait penser aux dessins de Keith Haring, la vieille édition d'un ouvrage dont A.J. ne parvient pas à déchiffrer le titre, un flacon de vernis à paillettes, un homard mécanique sur ressorts, une collection de fausses dents de vampire, une bouteille de bon champagne qui n'a pas encore été débouchée, un…

— Vous m'écoutez, A.J. ?

— Oui, bien sûr. Je… (*jette un œil à vos affaires ?*) Je ne suis pas habitué à skyper. Est-ce qu'on peut employer Skype comme un verbe ?

— Je ne pense pas que les dictionnaires aient tranché la question mais peu importe, déclare-t-elle. Je disais simplement que le programme estival de Knightley ne comprend pas un mais deux recueils de nouvelles cette année.

Amelia décrit les deux ouvrages et A.J. reprend son inspection. Qu'est-ce que c'est que ce livre ? Trop fin pour qu'il s'agisse d'une bible ou d'un dictionnaire. Il se penche pour essayer de mieux distinguer le titre imprimé à la feuille d'or, mais il est trop abîmé pour lui permettre de le déchiffrer par écran interposé. Amelia s'interrompt. De toute évidence, elle attend qu'A.J. lui réponde.

— Oui, j'ai hâte de les lire, hasarde-t-il.

Elle lui sourit.

— Bien. Je vous les enverrai par courrier aujourd'hui ou demain. Et voilà, c'est tout jusqu'à la prochaine liste d'automne.

— J'espère que vous serez remise sur pied et capable de venir en personne.

— Certainement.

— Quel est ce livre ?

— Lequel ?

— Le vieil ouvrage posé contre la lampe, sur la table derrière vous.

— Ah, oui. Ça vous intrigue, hein ? C'est mon préféré. Mon père me l'a offert le jour de ma remise des diplômes.

— Et quel en est le titre ?

— Si vous faites le trajet jusqu'à Providence, je vous le montrerai, répond-elle.

A.J. l'observe avec attention. Cette proposition pourrait s'apparenter à du flirt, seulement Amelia n'a pas levé le nez de ses notes. Pourtant…

— Brett Brewer m'a semblé plutôt sympathique.

— Quoi ?

— Lorsqu'il m'a appelé pour me prévenir que vous ne pourriez pas venir à cause de votre blessure, lui explique A.J.

— Ah oui.

— Sa voix m'a rappelé celle de Bill, dans *True Blood*.

Amelia éclate de rire.

— Regardez-vous. Voilà que vous lâchez des références à *True Blood*, l'air de rien. Il faudra que j'en parle à Brett la prochaine fois qu'on se verra.

— Au fait, à quand le mariage ? A-t-il déjà eu lieu ?

Elle braque son regard sur lui.

— Il a été annulé.

— Je suis désolé.

— Ça fait un moment maintenant. Depuis Noël.

— Comme il m'a appelé, j'ai pensé que…

— Il squattait chez moi à ce moment-là. Je garde toujours de bons rapports avec mes ex. Je suis comme ça.

Bien qu'il soit conscient de pousser un peu loin son indiscrétion, il ne peut s'empêcher de lui demander :

— Que s'est-il passé ?

— Brett est un mec génial, mais il fallait se rendre à l'évidence : nous n'avions vraiment rien en commun.

— C'est important d'être sensibles aux mêmes choses.

Le téléphone d'Amelia sonne.

— C'est ma mère. Il faut que je la prenne. Je vous revois dans quelques mois, d'accord ?

A.J. hoche la tête. Son image disparaît et le statut absent s'affiche à côté du nom d'Amelia.

Il lance son navigateur de recherche et entre la phrase suivante sur Google : « activités ludiques et pédagogiques à faire en famille, Providence, Rhode Island ». Malheureusement, la recherche ne donne pas grand-chose : un musée pour enfants, un musée de la poupée, un phare, et d'autres choses qu'il pourrait tout aussi bien faire à Boston. A.J. opte pour les jardins de topiaires de Portsmouth. Maya et lui ont récemment lu un ouvrage illustré sur les animaux topiaires. Le sujet avait paru intéresser la petite. Et puis, ça ne leur fera pas de mal de quitter un peu l'île, pour une fois, non ? Il emmènera sa fille voir les animaux, puis fera un crochet par Providence pour rendre visite à une amie convalescente.

— Maya, lance-t-il au dîner ce soir-là, que dirais-tu d'aller voir un éléphant topiaire géant ?

La petite lui jette un regard étrange.

— Tu as une voix bizarre.

— Non, pas du tout. Tu te souviens de ce livre que nous avons lu sur les topiaires ?

— Quand j'étais petite ?

— Oui. J'ai trouvé un jardin d'animaux topiaires. De toute façon, je dois passer à Providence pour voir une amie malade alors j'ai pensé qu'on pourrait en profiter pour aller au jardin des animaux. C'est cool, non ?

A.J. lève le nez de son ordinateur et lui montre le site des jardins.

— D'accord, lâche-t-elle sans se départir de son sérieux. Ça me plairait d'aller voir ça.

Elle lui signale que l'endroit se trouve à Portsmouth et non à Providence.

— Les deux villes sont voisines, lui explique-t-il. Rhode Island est le plus petit État du pays.

Il s'avère que les deux agglomérations ne sont pas si proches que ça l'une de l'autre. Bien qu'un bus assure la liaison entre elles, la solution la plus simple reste encore la voiture et A.J. n'a pas son permis de conduire. Il appelle donc Lambiase et lui propose de les accompagner.

— La petite est vraiment fan de topiaires, hein ? lui demande-t-il.

— Elle en raffole.

— C'est bizarre qu'une môme soit passionnée par ce genre de choses…

— C'est une enfant curieuse.

— Mais on peut trouver un meilleur moment pour visiter un jardin, non ? On est en plein hiver.

— On est quasiment au printemps. Et puis Maya s'intéresse beaucoup aux topiaires en ce moment. Qui sait si ça l'intéressera toujours autant cet été ?

— Je reconnais que les enfants changent vite.

— Écoute, rien ne t'oblige à nous accompagner.

— Oh, mais je vais venir. Qui refuserait d'aller voir un gigantesque éléphant vert ? Mais il arrive qu'on s'embarque dans un périple sans vraiment savoir pourquoi on signe, tu vois ce que je veux dire ? Je tiens juste à savoir où je mets les pieds. Est-ce qu'on part voir les topiaires ou autre chose ? Une amie à toi, par exemple ?

A.J. prend une grande inspiration.

— Disons que l'idée de passer voir Amelia m'a effleuré.

A.J. envoie un texto à Amelia le lendemain :

Oublié de vous signaler que Maya et moi serons à Rhode Island le week-end prochain. Je pourrais passer récupérer les épreuves, ça vous évitera de me les envoyer par courrier.

Amelia : *Ne les ai pas ici. Les ai fait envoyer de New York.*

A.J. soupire. Et voilà ce qu'on récolte avec un plan foireux !

Quelques minutes plus tard, il reçoit un nouveau message d'Amelia.

Qu'est-ce qui vous amène à Rhode Island, au fait ?

A.J. : *Nous allons au jardin de topiaires de Portsmouth. Maya adore ça.*

Amelia : *J'ignorais qu'il y en avait un. J'aurais bien aimé vous accompagner mais je n'ai pas encore totalement récupéré.*

A.J. attend quelques minutes avant de lui répondre : *Besoin d'un peu de compagnie ? Nous pourrions nous arrêter chez vous.*

Pas de réponse. Son silence signifie sans doute qu'elle ne doit pas manquer de visiteurs.

Amelia ne se manifeste que le jour suivant : *Avec plaisir. Ne déjeunez pas. Je concocterai quelque chose pour Maya et vous.*

*
* *

— Tu peux les apercevoir derrière le mur si tu te mets sur la pointe des pieds, lui dit A.J.

Ils ont quitté Alice à 7 heures du matin, pris le ferry pour Hyannis, puis fait deux heures de route pour rejoindre Portsmouth et découvrir que le jardin des animaux topiaires est fermé de novembre à mai.

A.J. ne peut affronter le regard de sa fille ni celui de Lambiase. Il fait moins deux degrés, mais la honte lui tient chaud.

Maya se hisse sur la pointe des pieds, en vain. Elle trépigne.

— Je ne vois rien, se plaint-elle.

— Attends, laisse-moi t'aider, lui propose Lambiase en la hissant sur ses épaules.

— Je vois peut-être un petit quelque chose,

concède-t-elle, dubitative. Non. Rien de rien. Ils sont tous recouverts.

Sa lèvre inférieure tremble et elle jette un regard attristé à son père. A.J. doute de pouvoir en supporter davantage.

Tout à coup, elle lui décoche un sourire étincelant.

— Mais tu sais quoi, papa ? Je peux imaginer à quoi ressemble l'éléphant sous sa couverture. Et le tigre ! Et la licorne !

Elle hoche la tête l'air de dire : *Tu voulais me soumettre à ces exercices d'imagination. C'est pour ça que tu m'as traînée jusqu'ici au beau milieu de l'hiver.*

— Bravo, Maya.

Il a l'impression d'être le pire père au monde, mais la petite semble avoir repris confiance en lui.

— Regarde, Lambiase ! La licorne frissonne. Elle est contente d'avoir cette couverture. Tu la vois, Lambiase ?

A.J. se dirige vers la guérite de sécurité et la gardienne lui adresse un regard compatissant.

— Ça arrive tout le temps, lui dit-elle.

— Alors, d'après vous, je n'ai pas traumatisé ma fille à vie ?

— Si, bien sûr. Mais je doute que ce soit à cause de ce qui s'est passé aujourd'hui. Les enfants ne tournent pas mal parce qu'ils n'ont pas vu les animaux topiaires.

— Même si son père l'a amenée là pour servir ses propres intérêts et retrouver une fille sexy à Providence ?

La gardienne ne relève pas ce dernier commentaire.

— Je vous suggère d'emmener votre fille voir

une de ces vieilles demeures de la fin du XIXe sur le domaine. Ça marche bien avec les enfants.

— Ah bon ?

— Avec certains d'entre eux, oui. Peut-être que ça plaira aussi à la vôtre.

*

* *

Une fois devant l'hôtel particulier, Maya dit que la fontaine lui rappelle celle de *Fugue au Metropolitan*, un roman que Lambiase ne connaît pas.

— Oh, il faut absolument que tu le lises ! s'écrie Maya. Tu vas l'adorer. Il y a cette fille et son frère qui fuguent…

— On ne doit pas prendre une fugue à la légère, réplique-t-il, les sourcils froncés. En tant qu'officier de police, je peux t'assurer que la rue n'est pas un endroit pour les enfants.

— Ils vont dans ce grand musée de New York, poursuit Maya, et ils s'y cachent. C'est…

— C'est criminel, voilà ce que c'est. Une violation de propriété privée, avec probablement une entrée par effraction.

— Lambiase, tu comprends rien.

Après un déjeuner ruineux dans l'hôtel particulier, ils partent pour Providence et s'arrêtent à leur hôtel en chemin.

— Va chez Amelia, dit Lambiase à A.J. Je pensais emmener la petite au musée des enfants en ville. J'aimerais lui expliquer toutes les raisons pour lesquelles il est impossible de se cacher dans un musée, avec preuves à l'appui. Dans un contexte post-11-Septembre du moins.

— Rien ne t'oblige à faire ça.

A.J. tenait à ce que Maya l'accompagne chez Amelia pour détendre l'atmosphère.

— Amuse-toi ! lui lance-t-il. Les parrains sont là pour ça : assurer les arrières.

A.J. arrive chez Amelia peu avant 17 heures. Il lui a apporté un sac plein de romans de Charlaine Harris, une bonne bouteille de malbec et un bouquet de tournesols. Après avoir sonné, il craint d'en avoir trop fait et cache les fleurs derrière les coussins de la balancelle, sous le porche.

Elle vient lui ouvrir avec le genou posé sur une sorte de cadre à roulettes. Son plâtre rose est couvert de signatures comme ceux des élèves les plus populaires du lycée. Elle porte une minirobe bleu marine avec un foulard fantaisie rouge noué autour du cou. On dirait une hôtesse de l'air.

— Où est Maya ? demande-t-elle.

— Mon ami Lambiase l'a emmenée au musée pour enfants de Providence.

Amelia penche la tête vers lui avec un petit sourire.

— Il ne s'agit pas d'un rendez-vous galant, si ?

A.J. sent le feu lui monter aux joues lorsqu'il lui explique que le jardin de topiaires était fermé. Son histoire sonne tellement faux qu'il a envie de lâcher son sac et de s'enfuir.

— Je vous taquine. Entrez.

Le désordre règne à l'intérieur bien que le ménage ait été fait. La pièce de séjour se compose d'un canapé en velours violet, d'un piano quart de queue, d'une grande table pouvant accueillir douze personnes, de plusieurs photos d'elle avec sa famille ou ses amis, de quelques plantes d'intérieur en plus ou moins bon état, et d'un chat tigré borgne prénommé Flaqui. Sans oublier des livres dans tous les coins. L'odeur des lasagnes et du pain à l'ail qu'elle a préparés embaume la pièce. A.J. ôte ses bottes pour ne pas mettre de la boue partout.

— Cet endroit vous ressemble, lui dit-il.

— Désordonné et dépareillé.

— Éclectique et charmant.

A.J. se racle la gorge et essaie de ne pas se sentir terriblement mièvre.

Ils ont terminé de dîner et déjà entamé la seconde bouteille de vin quand il parvient enfin à trouver le courage de lui demander ce qui s'est passé avec Brett Brewer.

Amelia esquisse un léger sourire.

— Si je vous dis la vérité, promettez-moi de ne pas vous faire des idées.

— Je m'y engage.

Elle finit son verre.

— L'automne dernier, nous nous écrivions sans arrêt… Écoutez, ne pensez pas que j'aie rompu à cause de vous parce que ce n'est pas le cas. Je l'ai largué parce que nos conversations m'ont rappelé à quel point il était important de partager les mêmes passions, les mêmes goûts que son partenaire. Ça doit vous paraître idiot.

— Non, lui répond-il.

Amelia plisse ses jolis yeux marron.

— Vous avez été si méchant avec moi le jour de notre première rencontre. Je ne vous l'ai toujours pas pardonné, vous savez.

— J'espérais que vous l'aviez oublié.

— Je m'en souviens très bien. J'ai une mémoire d'éléphant, A.J.

— J'ai été odieux, reconnaît-il. Pour ma défense, je traversais une période très difficile. (Il se penche par-dessus la table et dégage une boucle blonde de son visage.) La première fois que je t'ai vue, tu m'as fait penser à un pissenlit, dit-il en passant au tutoiement.

Elle s'aplatit timidement les cheveux.

— Cette tignasse, c'est une vraie plaie.

— C'est ma fleur préférée.

— Il me semble qu'il s'agit plutôt d'une mauvaise herbe.

— Tu es quand même assez étonnante.

— On m'avait surnommée Toccata à l'école, comme le gros oiseau jaune de l'émission *1, rue Sésame*.

— J'en suis désolé.

— Ça m'était égal, en fait. J'ai parlé de toi à ma mère. Elle estime que tu ne réponds pas aux critères du bon petit ami, A.J.

— Je le sais. Et tu m'en vois navré parce que je t'aime vraiment beaucoup.

Amelia soupire et commence à débarrasser la table. A.J. se lève.

— Non, je t'en prie, laisse-moi m'en occuper. Tu devrais rester assise.

Il empile assiettes et couverts et range le tout dans le lave-vaisselle.

— Veux-tu voir de quel livre il s'agit ? lui demande-t-elle en faisant tremper le plat de lasagnes dans de l'eau chaude.

— De quel livre parles-tu ?

— Celui qui t'a intrigué, dans mon bureau. N'est-ce pas pour ça que tu es venu ?

Elle se hisse sur ses jambes, troquant son cadre à roulettes contre des béquilles.

— Au fait, il faut traverser ma chambre pour accéder à mon bureau.

A.J. acquiesce. Il passe dans la pièce d'un bon pas de façon à ne pas paraître trop audacieux. Il a pratiquement atteint la porte du bureau lorsque Amelia s'assoit sur son lit.

— Attends, lui lance-t-elle. Je te le montrerai demain. (Elle tapote l'emplacement vide à ses côtés.) Ma cheville me fait mal, alors ne m'en veux pas si ma technique de séduction manque un peu de subtilité.

A.J. tâche de garder son calme en rebroussant chemin pour rejoindre Amelia sur le lit. Il n'a malheureusement jamais été un type cool.

*

* *

Une fois qu'elle s'est endormie, A.J. se rend dans le bureau sur la pointe des pieds.

L'ouvrage est adossé à la lampe comme le jour de leur conversation sur Skype. Même en vrai, la couverture est trop abîmée pour qu'on puisse y déchiffrer le titre. Il ouvre le livre et le découvre sur la page de garde : *Les Braves Gens ne courent pas les rues et autres nouvelles* de Flannery O'Connor.

En dessous, il trouve le petit mot suivant : *Chère Amy. Maman m'a dit que c'était ton écrivain préféré. J'espère que tu ne m'en voudras pas d'avoir lu la première nouvelle. Elle m'a beaucoup plu même si je ne l'ai pas trouvée très gaie. Je te souhaite une très belle journée pour ta remise de diplôme ! Je suis si fier de toi. Je t'aime, papa.*

A.J. referme le livre et le repose à sa place.

Il rédige ensuite un message à l'intention d'Amelia : *Chère Amelia, je ne crois vraiment pas pouvoir supporter d'attendre le programme d'automne de Knightley pour te revoir sur Alice. Bien à toi, A.J.F.*

La Célèbre Grenouille sauteuse du comté de Calaveras

1865/Mark Twain

Conte proto-postmoderniste sur un parieur compulsif et sa grenouille battue à un concours de saut. L'intrigue n'a rien d'exceptionnel, mais le livre vaut le détour rien que pour la façon dont Twain se joue de l'autorité narrative. (En lisant Twain, je me dis souvent qu'il s'amuse plus que moi.)

La Grenouille sauteuse *me rappelle toujours la fois où Leon Friedman est venu en ville. T'en souviens-tu, Maya ? Dans le cas contraire, demande un jour à Amy de te raconter cette histoire.*

Je vous regarde toutes les deux, en ce moment même, assises sur le vieux canapé en velours violet d'Amy. Tu es en train de lire Le Chant de Salomon *de Toni Morrison et elle,* Olive Kitteridge *d'Elizabeth Strout. Et le chat, Flaqui, est installé entre vous deux. Je ne crois pas avoir jamais été aussi heureux qu'à cet instant.*

A.J.F.

Au printemps, Amelia se met à porter des tongs et se rend plus souvent à Alice. Autant de déplacements ne se justifient pas pour une petite librairie comme celle d'A.J. Si son patron s'en aperçoit, il garde ses remarques pour lui. Dans ce domaine, le milieu de l'édition reste conciliant, et d'ailleurs A.J. Fikry commande un nombre incroyable d'ouvrages de Knightley, presque plus que tous les autres libraires de la côte Nord-Est. Son patron se fiche bien de savoir si ces ventes résultent d'une histoire d'amour, des affaires ou des deux.

— Et si vous suggériez à M. Fikry de changer le nom de sa librairie et de poser une enseigne lumineuse Éditions Knightley.

Ce printemps-là, A.J. embrasse Amelia juste avant qu'elle n'embarque sur le ferry pour Hyannis et lui dit :

— Tu ne peux pas t'installer sur une île. Ton travail exige trop de déplacements.

Elle le tient à distance en se moquant de lui.

— En effet. Est-ce ta façon de me proposer d'emménager sur Alice ?

— Non, je… eh bien, je me mets à ta place. Ce ne serait pas commode pour toi de vivre ici. Voilà où je voulais en venir.

— Non, tu as raison, répond-elle.

Amelia dessine un cœur sur sa poitrine avec son ongle rose fluo.

— Quelle couleur est-ce là ?

— Rose transparent.

La sirène du ferry retentit et Amelia embarque sur le bateau.

Un peu plus tard, ce même printemps, en attendant un bus de la compagnie Greyhound, A.J. lance à Amelia :

— Il te serait même impossible de passer trois mois de l'année sur Alice.

— Il m'aurait été plus facile de faire la navette avec l'Afghanistan. J'aime bien ta façon d'aborder le sujet à l'arrêt de bus, d'ailleurs.

— J'ai essayé de chasser cette idée de mon esprit jusqu'à la dernière minute.

— Une stratégie comme une autre, commente-t-elle.

— Tu ne la trouves pas bonne, si je comprends bien.

Il lui prend la main. Ses mains sont larges mais ses doigts fins, comme ceux d'une pianiste. D'une sculptrice.

— Tu as des mains d'artiste.

Elle roule les yeux.

— Et la cervelle d'une repré.

Elle a mis un vernis mauve sombre.

— Comment s'appelle la couleur d'aujourd'hui ?

— Le blues du voyageur, répond-elle. Pendant

que j'y pense, tu verrais un inconvénient à ce que je vernisse les ongles de Maya la prochaine fois ? Elle n'arrête pas de me le demander.

Avant l'été, Amelia offre à Maya sa première manucure. Elle l'emmène dans une parapharmacie et lui laisse choisir sa couleur.

— Comment tu les choisis, toi ? s'enquiert la petite.

— En fonction de ce que je ressens ou de ce que j'aimerais ressentir. Ça dépend des fois.

Maya regarde la rangée de flacons. Elle s'empare d'un rouge puis le repose avant d'opter pour un argenté iridescent.

— Oh, joli ! Attends de savoir le meilleur. Chaque couleur porte un nom, lui explique Amelia. Retourne le flacon.

Maya s'exécute.

— Un titre, comme pour un livre ! *Satin matinal.* Et le tien ?

Le choix d'Amy s'est porté sur un bleu très pâle.

— *Légèreté d'azur.*

Ce week-end-là, Maya accompagne A.J. sur le quai. Elle se jette dans les bras d'Amelia en la suppliant de ne pas partir.

— Je n'ai pas envie de m'en aller, lui assure-t-elle.

— Alors pourquoi tu pars ?

— Parce que je n'habite pas ici.

— Pourquoi ?

— Parce que je travaille ailleurs.

— Tu pourrais venir travailler avec papa.

— Impossible. Il finirait par me tuer. Et puis, j'aime bien mon boulot.

Elle pose son regard sur A.J. qui détourne les yeux. La corne du bateau annonce le départ.

— Dis au revoir à Amy.

Amelia appelle A.J. du ferry.

— Je ne peux pas déménager de Providence et toi tu ne peux pas quitter Alice. La situation semble quasi insoluble.

— En effet. Quelle couleur as-tu mise aujourd'hui ?

— *Légèreté d'azur.*

— Dois-je y voir un message ?

— Non, lui répond-elle.

Ce printemps-là, la mère d'Amelia lui dit : « Ce n'est pas raisonnable. Tu as trente-six ans et tu ne vas pas rajeunir. Si tu veux un bébé, tu ne peux pas continuer à perdre ton temps dans des relations impossibles, Amy. »

Et Ismay dit à A.J. : « Pense à Maya. Tu ne peux pas laisser cette Amelia prendre autant de place dans sa vie si tu n'envisages pas de passer aux choses sérieuses avec elle. »

Et Daniel d'ajouter : « On ne devrait jamais avoir à changer sa vie pour une femme. »

En juin, le beau temps se charge de balayer toutes ces critiques. Quand Amelia vient présenter le programme d'automne, elle reste deux semaines. Elle porte des shorts en crépon de coton et des tongs décorées de marguerites.

— Je ne te reverrai pas beaucoup pendant l'été, lui dit-elle. J'ai beaucoup de déplacements de prévus et ma mère vient me voir en août.

— Je pourrais te rejoindre à Providence, suggère A.J.

— Je ne serai pas chez moi. Sauf au mois d'août, mais ma mère a… un sacré caractère.

A.J. badigeonne son dos large et doux de crème

solaire en se disant qu'il ne peut pas vivre sans elle. Il décide de trouver une bonne raison de l'attirer à Alice.

À peine est-elle rentrée à Providence qu'A.J. la contacte sur Skype.

— J'ai réfléchi. Nous devrions profiter de l'affluence des vacanciers en août pour inviter Leon Friedman à une signature.

— Tu détestes les touristes, rétorque Amelia.

Elle l'a déjà entendu plus d'une fois pester contre les estivants d'Alice : ces familles qui sortent de chez le glacier McCollum, font un saut à la librairie et laissent leurs mômes toucher à tout, les gens du festival de théâtre et leurs rires tonitruants, les Canadiens persuadés qu'un bain de mer par semaine suffit à leur hygiène intime.

— C'est faux, reprend A.J. J'aime m'en plaindre mais je leur vends aussi beaucoup de livres. Et puis, comme Nic le disait si bien, août, contrairement à ce que l'on pense, est la meilleure période pour recevoir un auteur. Les gens s'ennuient tellement qu'ils feraient n'importe quoi pour se divertir, y compris assister aux lectures d'auteurs.

— Des lectures d'auteurs, répète Amelia. Mon Dieu, tu parles d'un divertissement.

— Comparé à *True Blood*, tu veux dire.

Elle ne relève pas la pique.

— En fait, j'adore les lectures.

À ses débuts dans le métier, un petit ami l'avait traînée à une lecture (l'entrée était payante) d'Alice McDermott à l'Institut culturel situé sur la 92e. Elle pensait ne pas avoir aimé *Charming Billy* mais en écoutant l'auteur le lire – sa façon de mimer le texte et de mettre l'accent sur certains mots –, Amelia s'était aperçue qu'elle n'avait rien compris au livre. Plus tard, dans le métro, son mec s'était excusé :

— Désolé pour le fiasco.

La jeune femme lui avait souri et huit jours plus tard, leur histoire s'arrêtait là.

— D'accord, céda Amelia. Je vais te mettre en relation avec son attachée de presse.

— Tu viendras aussi, n'est-ce pas ?

— J'essaierai. Ma mère passe me voir en août, alors…

A.J. lui suggère de l'amener sur Alice.

— J'aimerais faire sa connaissance.

— Tu dis ça uniquement parce que tu ne l'as jamais vue.

— Amelia, mon amour, il faut que tu viennes aussi. Je reçois Leon Friedman pour toi.

— Il ne me semble pas avoir dit vouloir le rencontrer, lâche-t-elle.

Mais là réside tout le charme de la vidéotransmission, se dit A.J. – il la voit sourire.

*
* *

Dès lundi matin, A.J. s'empresse de contacter l'attachée de presse de Leon Friedman. Elle a vingt-six ans et vient d'être recrutée, comme c'est toujours le cas. Elle doit rentrer le nom de l'auteur sur Google pour savoir de quel livre il s'agit.

— Oh, waouh, vous êtes le tout premier à demander une intervention pour *Marié sur le tard*.

— Ce roman figure parmi les coups de cœur de ma librairie. Nous en avons vendu pas mal, lui répond A.J.

— Vous devez être la première personne à organiser une rencontre avec Leon Friedman. Non, mais vraiment. Faut voir. (L'attachée de presse marque un temps.) Laissez-moi en toucher un mot à l'éditeur pour savoir si l'auteur accepterait. Je ne l'ai jamais vu, mais je regarde une photo de lui au moment où je vous parle et il est plutôt… mûr. Puis-je vous rappeler plus tard ?

— S'il n'est pas trop mûr pour voyager, je souhaiterais fixer son arrivée avant la fin du mois d'août et le départ des vacanciers. Cela lui permettra de vendre plus de livres.

L'attachée de presse le recontacte quelques jours plus tard pour lui annoncer que Leon Friedman est toujours vivant et disposé à venir à la librairie en août.

A.J. n'a pas reçu d'auteur depuis des années. Surtout parce qu'il n'a aucun talent pour organiser ce genre d'événement. La dernière fois qu'un écrivain est venu, c'était Nic qui s'était chargée de tout. A.J. essaie de se rappeler comment elle s'y était prise.

Il commande des livres, placarde dans la boutique des affiches avec une photo de Leon Friedman datant d'une autre ère, relaie l'info sur les réseaux sociaux, et demande à ses employés et amis d'en faire autant. Il manque encore quelque chose, pourtant. Nic associait toujours un thème à ces rencontres littéraires et A.J. s'efforce d'en trouver un lui aussi. Mais lequel choisir ? Leon Friedman est VIEUX et son livre a fait un bide. Quoique romantique, son roman est terriblement déprimant. A.J. finit par appeler Lambiase. Ce dernier lui suggère de servir des crevettes surgelées du Costco, ce qui ne surprend guère A.J., habitué à sa façon d'organiser les réceptions par procuration.

— Hé ! poursuit Lambiase. Si tu te lances dans les rencontres littéraires, j'aimerais vraiment faire la connaissance de Jeffery Deaver. On est tous fans de lui au commissariat.

A.J. téléphone ensuite à Daniel.

— Pour faire une rencontre littéraire réussie, il faut que l'alcool coule à flots, lui répond-il.

— Passe-moi Ismay, le prie A.J.

— Ça n'a rien de très littéraire, mais pourquoi ne pas organiser une garden-party ? propose Ismay. Chapeau à fleurs pour tout le monde. Tu nommes l'auteur juge d'un concours de chapeaux ou un truc du genre. Ça égaiera la rencontre et toutes les mères de famille que tu connais viendront, ne serait-ce que pour se prendre en photo, coiffées de chapeaux ridicules.

A.J. évalue un instant sa proposition.

— Quelle horreur ! finit-il par dire.

— C'était juste une suggestion.

— Mais à bien y réfléchir, ce n'est peut-être pas une si mauvaise idée.

— Je prends ça pour un compliment. Amelia sera là ?

— Je l'espère bien, réplique A.J. J'organise cette maudite fête pour elle.

*

* *

En juillet, A.J. et Maya se rendent dans la seule bijouterie de l'île. A.J. montre une bague ancienne, montée simplement avec une pierre carrée.

— Trop uni, commente la petite.

Elle choisit un diamant jaune, gros comme le Ritz, qui s'avère presque aussi cher qu'une première édition de *Tamerlan* en parfait état. Ils finissent par tomber d'accord sur une bague des années 1960 avec un diamant entouré de pétales.

— On dirait une marguerite, dit Maya. Amy aime les fleurs et les choses gaies.

A.J. la trouve un peu voyante, mais il sait que sa fille a raison – Amy aurait pris celle-là et serait sortie de la boutique ravie de son achat. Au pire, la bague sera assortie à ses tongs.

En rentrant à la librairie, il prévient Maya qu'Amy pourrait refuser sa demande.

— Elle resterait notre amie, même si elle disait non, précise-t-il.

L'enfant acquiesce une première fois, puis une seconde.

— Pourquoi est-ce qu'elle dirait non ?

— Eh bien… pour des tas de raisons. Ton père n'est pas vraiment la perle rare.

Maya éclate de rire.

— Tu es bête.

— L'endroit où nous habitons n'est pas facile d'accès. Et Amy doit beaucoup voyager pour son travail.

— Est-ce que tu vas lui faire ta demande à la rencontre littéraire ?

— Non, je ne veux pas la mettre mal à l'aise.

— Et pourquoi serait-elle mal à l'aise ?

— Eh bien, je ne tiens pas à ce qu'elle se sente acculée, obligée d'accepter simplement à cause des invités présents, tu comprends ?

Quand il avait neuf ans, son père l'avait emmené

à un match des Giants. Ils avaient atterri à côté d'une dame qu'on avait demandée en mariage pendant la mi-temps, sur l'écran géant du stade. « Oui », avait-elle déclaré au moment où la caméra s'était braquée sur elle. Mais dès que le jeu avait repris, elle avait fondu en larmes, incapable de se contrôler. Depuis, A.J. n'appréciait plus guère le football.

— Et peut-être n'ai-je pas envie de me sentir gêné, non plus.

— Après la fête alors ?

— Oui, peut-être, si j'en trouve le courage. (Son regard se pose sur Maya.) Et toi, au fait ? Ça ne te dérange pas ?

— Non, répond-elle en ôtant ses lunettes pour les essuyer sur son tee-shirt. Papa, je lui ai parlé des topiaires.

— Et que lui as-tu dit exactement ?

— Que je n'ai jamais vraiment aimé ça et que j'étais presque sûre qu'on était allés à Rhode Island exprès pour la voir.

— Pourquoi lui avoir raconté ça ?

— Il y a quelques mois, elle m'a dit qu'il était parfois difficile de lire en toi.

— Je crains qu'elle n'ait raison.

*

* *

Les photos d'auteur ne sont jamais fidèles à leurs modèles. Mais Leon Friedman n'a vraiment rien à voir avec son portrait, se dit A.J. en le voyant pour la première fois. Sur la photo, il paraît plus mince, avec un nez plus long et les joues rasées de frais.

Le vrai Leon Friedman serait à mi-chemin entre un Ernest Hemingway vieillissant et un père Noël de grand magasin : ventripotent avec un gros nez rouge, une épaisse barbe blanche et des yeux malicieux. On lui donnerait dix ans de moins que sur le cliché. A.J. met ça sur le compte de sa barbe et de ses quelques kilos en plus.

— Leon Friedman, romancier extraordinaire, se présente-t-il en serrant A.J. fort dans ses bras. Ravi de vous rencontrer. Vous devez être A.J. La fille de Knightley prétend que vous avez adoré mon roman. Vous avez bon goût, si je puis me permettre.

— Intéressant. Vous qualifiez votre ouvrage de roman, rebondit A.J. Diriez-vous qu'il s'agit d'un roman ou d'une autobiographie ?

— Eh bien, nous pourrions en débattre indéfiniment, non ? Auriez-vous quelque chose à m'offrir ? Un bon verre de vin m'aide toujours à surmonter ce type d'épreuve.

Ismay s'est chargée d'acheter du thé et des petits fours pour la réception mais pas de spiritueux. On avait fixé le début des festivités à 14 heures, trop tôt pour de l'alcool, s'était-elle dit. A.J. monte donc chercher une bouteille de vin chez lui. Quand il redescend, Maya a grimpé sur les genoux de l'auteur.

— J'aime *Marié sur le tard*, lui confie Maya, mais je ne suis sûrement pas le public ciblé.

— Oh, oh, oh ! voici une observation très intéressante, jeune fille.

— J'en fais beaucoup d'autres. Je n'avais encore rencontré qu'un seul écrivain en dehors de vous, Daniel Parish. Vous le connaissez ?

— Son nom ne me dit rien.

Maya soupire.

— C'est plus difficile de discuter avec vous qu'avec lui. Quel est votre livre préféré ?

— Je ne crois pas en avoir. Et si tu me parlais plutôt de ce que tu voudrais pour Noël ?

— Noël ? s'exclame la petite. Mais c'est dans quatre mois.

A.J. fait descendre sa fille des genoux de Friedman à qui il donne son verre de vin.

— Merci, c'est très aimable, lui dit l'auteur.

— Auriez-vous la gentillesse de signer quelques exemplaires de votre livre avant la lecture ?

A.J. le conduit dans la réserve où il l'installe devant une table, avec une pile de livres et un stylo. Friedman s'apprête à apposer sa signature sur la couverture quand le libraire l'arrête :

— On demande aux auteurs de signer sur la page de titre, si cela ne vous ennuie pas.

— Désolé, c'est nouveau pour moi.

— Ne vous excusez pas.

— Pourriez-vous me préciser ce que vous attendez de moi tout à l'heure ?

— Oui. Eh bien, je vous présenterai en quelques mots, ensuite je vous propose de présenter vous-même votre livre, d'expliquer ce qui vous l'a inspiré. Puis vous pourriez en lire quelques passages et répondre à quelques questions du public, si le temps nous le permet. Nous avons également organisé un concours de chapeaux et nous serions ravis que vous désigniez la gagnante.

— Fantastique ! lance-t-il. Friedman. F-R-I-E-D-M-A-N, répète-t-il en signant. On oublie vite ce I.

— Ah bon ?

— On aurait dû mettre un deuxième E à la place, non ?

Les auteurs sont souvent des excentriques. Aussi A.J. décide-t-il de ne pas relever.

— Vous semblez vraiment très à l'aise avec les enfants.

— Oui… Je joue souvent les pères Noël chez Macy's pendant les fêtes.

— Vraiment ? C'est pour le moins inhabituel.

— Je suis doué pour ce genre de chose, j'imagine.

— Je voulais dire… (A.J. s'interrompt un instant pour s'assurer qu'il ne va pas vexer Friedman.) Eh bien, comme vous êtes juif.

— Ouaip.

— Vous en parlez longuement dans votre livre. Juif non pratiquant. Est-ce la formule qui convient ?

— Je vous laisse le soin de trouver celle qui vous plaira, rétorque Friedman. Vous n'auriez rien de plus fort que du vin ?

*

* *

Au moment où débute la lecture, Friedman a déjà descendu plusieurs verres. C'est sûrement la raison pour laquelle il bute sur les noms propres un peu longs ou les expressions étrangères : Chappaqua, « après moi le déluge », Hadassah, léhaïm, khala, etc. Certains auteurs sont gênés de lire leurs textes à voix haute. Lorsqu'on passe aux questions du public, Friedman se borne à des réponses laconiques.

Q : Comment qualifieriez-vous la mort de votre femme ?

R : Triste, terriblement triste.

Q : Quel est votre livre préféré ?

R : La *Bible*. Ou *La Dernière Leçon*, de Mitch Albom. Non, je dirais plutôt la *Bible*.

Q : Vous faites plus jeune que sur la photo.

R : Eh bien, merci.

Q : Comment était-ce de travailler pour un journal ?

R : J'avais toujours les mains sales.

Friedman est plus à l'aise pour choisir le plus beau chapeau et signer ses livres. A.J. s'est débrouillé pour rameuter plein de monde et la file d'attente s'étire jusqu'à la porte.

— Vous auriez dû installer des barrières, comme on le fait dans les grands magasins, hasarde l'écrivain.

— Je ne me sers pas souvent de ce type d'accessoire dans la librairie, lui répond A.J.

Amelia et sa mère sont les dernières à faire signer leur livre.

— Je suis ravie de faire votre connaissance, lui dit la jeune femme. Sans votre livre, mon petit ami et moi ne sortirions probablement pas ensemble à l'heure qu'il est.

A.J. sent le poids de la bague de fiançailles dans sa poche. Est-ce le bon moment ? *Non, rappelle-toi l'écran géant.*

— Venez donc m'embrasser, lui lance Friedman. Elle se penche au-dessus de la table et A.J. le surprend en train de reluquer son décolleté.

— Voilà une preuve du pouvoir de la fiction, ajoute l'auteur.

Amelia le dévisage.

— J'imagine, oui. (Un temps.) Sauf qu'il ne s'agit

pas de fiction, n'est-ce pas ? Tout cela s'est réellement produit.

— Oui, ma chère. Bien sûr.

A.J. l'interrompt.

— Peut-être que M. Friedman voulait parler du pouvoir de la narration.

La mère d'Amelia, qui a la taille d'une sauterelle et la personnalité d'une mante religieuse, intervient :

— Peut-être que M. Friedman sous-entend qu'on ne peut pas bâtir une vraie relation amoureuse sur une passion partagée pour un même livre. (Sur ces mots, elle tend sa main à l'écrivain.) Margaret Loman. Mon mari nous a quittés il y a quelques années, lui aussi. Amelia, ma fille, m'a conseillé votre livre pour mon club de lecture, celui des veuves de Charleston. Tout le monde l'a trouvé fantastique.

— Oh, comme c'est gentil ! s'exclame-t-il avec un grand sourire. Comme…

— Oui ? répète Mme Loman.

Friedman s'éclaircit la voix avant d'essuyer ses sourcils et son nez en sueur. Le teint rougeaud, il ressemble plus que jamais au père Noël. Il ouvre la bouche et au lieu de répondre, vomit sur la pile de livres qu'il vient de signer et éclabousse les chaussures Ferragamo beiges de la mère d'Amelia.

— On dirait que j'ai un peu trop bu, lâche-t-il avec un rot.

— En effet, remarque Margaret.

— Maman, l'appartement d'A.J. se trouve juste au-dessus, lui apprend Amelia en indiquant l'escalier.

— Il habite au-dessus du magasin ? s'enquiert Mme Loman. Tu ne m'avais pas fait part de ce réjouissant…

Au même moment, Mme Loman glisse sur la flaque de vomi qui ne cesse de s'étaler. Elle parvient à retrouver l'équilibre mais son chapeau, qui avait obtenu une mention honorable au concours, n'a pas la même chance.

— Désolé, monsieur, déclare Friedman en se tournant vers A.J. Je crois que j'ai un peu forcé sur la bouteille. Une cigarette et un peu d'air frais devraient me remettre l'estomac d'aplomb. Pourrait-on m'indiquer la sortie ?

A.J. le conduit vers la porte de derrière.

— Que s'est-il passé ? s'inquiète Maya.

Après avoir constaté que les propos de Friedman ne l'intéressaient pas, la petite était retournée à sa lecture du *Voleur de foudre*. Elle se dirige vers la table réservée aux signatures, découvre la flaque de vomi et rend à son tour son goûter.

Amelia se précipite vers elle.

— Ça va ?

— Je ne m'attendais pas à tomber là-dessus.

Pendant ce temps, dans l'allée qui longe la librairie, Friedman continue à se purger.

— Peut-être souffrez-vous d'une intoxication alimentaire ? hasarde A.J.

L'écrivain ne répond pas.

— Ou peut-être est-ce dû au trajet en ferry ? À l'excitation ? À la chaleur ? (Le libraire ne saurait dire d'où lui vient ce besoin de parler autant.) Et si je vous apportais de quoi grignoter, monsieur Friedman ?

— Auriez-vous un briquet ? lui demande-t-il d'une voix rauque. J'ai laissé le mien dans mon sac, à l'intérieur.

A.J. se rue dans la boutique. Impossible de mettre la main sur ce sac.

— IL ME FAUT UN BRIQUET ! s'écrie-t-il, lui qui ne hausse presque jamais la voix. Sérieusement, est-ce que quelqu'un pourrait me dégotter un briquet ?

Tout le monde est déjà parti à l'exception d'une vendeuse, occupée à tenir la caisse, et de deux retardataires ayant assisté à la lecture de Friedman. Une femme élégante qui doit avoir le même âge qu'Amelia ouvre sa grande besace en cuir.

— J'en ai peut-être un.

Pendant qu'elle fouille dans son sac qui ressemble davantage à une valise, A.J. trépigne d'impatience. Voilà pourquoi on ne doit pas laisser les auteurs pénétrer dans la librairie, se dit-il.

— Désolée, s'excuse-t-elle. Je n'en ai pas sur moi. J'ai arrêté de fumer au décès de mon père, mort d'un emphysème. Je croyais pourtant avoir conservé mon briquet.

— Ce n'est pas grave. J'en ai un là-haut.

— Un problème avec l'écrivain ?

— Rien d'inhabituel, ment-il en se ruant à l'étage.

Dans son appartement, il tombe sur Maya, les yeux humides, livrée à elle-même.

— J'ai vomi, papa.

— J'en suis navré. (Il trouve le briquet dans le tiroir de la commode qu'il referme d'un coup sec.) Où est passée Amelia ?

— Tu vas lui faire ta demande ? l'interroge Maya.

— Non, ma chérie. Pas tout de suite. Je dois d'abord apporter ce briquet à un alcoolique.

Cette information la fait réfléchir une seconde.

— Je peux t'accompagner ?

A.J. fourre le briquet dans sa poche et prend Maya dans ses bras pour gagner du temps, même si elle a passé l'âge.

Ils dévalent les escaliers, traversent la librairie puis sortent en trombe vers l'endroit où A.J. a laissé Friedman. Son visage a disparu derrière un nuage de fumée. La pipe, qui pend langoureusement entre ses doigts, émet de sombres gargouillis.

— Je n'ai pas réussi à mettre la main sur votre sac.

— Je l'avais avec moi, en fait, répond l'auteur.

— Qu'est-ce que c'est comme pipe ? s'enquiert Maya. Je n'en ai jamais vu de pareille.

Le premier réflexe d'A.J. serait de lui cacher les yeux, mais finalement il éclate de rire. Friedman était-il monté à bord de l'avion avec tout son attirail de fumeur d'herbe ?

— Maya, commence A.J., tu te souviens du livre que nous avons lu l'an dernier, *Alice au pays des merveilles* ?

*

* *

— Où est passé Friedman ? demande Amelia.

— Il est tombé dans les pommes sur la banquette arrière du 4 × 4 d'Ismay.

— La pauvre.

— Oh, elle est habituée. Elle a accompagné son mari dans les salons pendant des années. (A.J. grimace.) Je crois qu'il vaudrait mieux que je les accompagne. C'est la moindre des choses.

Au départ, Ismay était censée reconduire l'écrivain

au ferry puis jusqu'à l'aéroport, mais A.J. ne peut décemment pas infliger ça à sa belle-sœur.

Amelia l'embrasse.

— Tu es un type bien. De mon côté, je vais veiller sur Maya et nettoyer les dégâts.

— Merci. Mais bon, ça craint, quand même. C'est ta dernière soirée en ville.

— Eh bien, je ne l'oublierai pas de sitôt, au moins. Merci d'avoir invité Friedman même s'il est un peu différent de ce que j'imaginais.

— Juste un peu, reprend A.J. avant de l'embrasser puis de froncer les sourcils. J'avais imaginé quelque chose de plus romantique.

— Ça l'était. Quoi de plus romantique qu'un vieillard lubrique et alcoolique en train de me reluquer les seins ?

— Ce n'est pas qu'un alcoolique, précise A.J. en mimant le fumeur de joint.

— Peut-être souffre-t-il d'un cancer ou d'une autre maladie ?

— Peut-être…

— Il aura attendu la fin des festivités au moins.

— À mon avis, ça aurait été difficile de faire pire.

Ismay klaxonne.

— Elle m'attend, dit A.J. Faut-il vraiment que tu passes la nuit à l'hôtel avec ta mère ?

— Rien ne m'y oblige, je suis une grande fille, A.J., réplique Amelia. Mais nous partons tôt demain pour Providence.

— Je ne crois pas lui avoir fait très bonne impression.

— Personne ne trouve grâce à ses yeux. Je ne m'en préoccuperais pas à ta place.

— Eh bien, attends-moi si tu peux.

Ismay klaxonne de nouveau et A.J. court la rejoindre.

Amelia s'attelle au nettoyage de la librairie. Elle se charge du vomi et affecte Maya à des tâches moins rebutantes comme ramasser les pétales de fleurs et les gobelets en plastique qui traînent. La femme qui avait cherché à dépanner A.J. avec un briquet est assise à l'arrière de la boutique. Elle porte un chapeau Fedora souple, de couleur grise, et une longue robe en soie. On pourrait croire qu'elle s'est habillée dans une friperie, mais Amelia, qui a l'habitude de ce genre de boutiques, sait que cette tenue n'a rien de bon marché.

— Êtes-vous venue assister à la lecture ? lui demande Amelia.

— Oui.

— Qu'en avez-vous pensé ?

— Je l'ai trouvé bien agité.

— Oui, c'est vrai, reconnaît la jeune femme en essorant son éponge dans un seau. Je dois dire que je ne m'attendais pas à ce qu'il soit comme ça.

— À quoi vous attendiez-vous ?

— À quelqu'un de plus réfléchi, je dirais. Cela peut sembler snob. Le terme réfléchi n'est sans doute pas le mot qui convient. À quelqu'un de plus sage.

— Je vois.

— Je l'avais peut-être un peu idéalisé. Je travaille pour son éditeur. De tous les livres que j'ai vendus, c'est mon préféré.

— Pourquoi ?

— Je…

Amelia observe la cliente. Elle a un regard bienveillant. Une qualité qui a souvent joué des tours à la jeune femme.

— J'ai perdu mon père peu de temps avant de l'avoir lu et quelque chose dans sa voix a dû me rappeler la sienne. Et puis, l'auteur y aborde tant de vérités.

Amelia passe le balai à présent.

— Je vous gêne ?

— Non, restez où vous êtes.

— Je suis mal à l'aise de vous regarder faire.

— J'aime balayer et vous êtes trop bien habillée pour m'aider.

Elle commence à passer la serpillière.

— C'est l'éditeur qui fait le ménage après les lectures ? lui demande la dame.

— Non, s'esclaffe Amelia. Il se trouve que je suis la petite amie du libraire. Je donne juste un coup de main pour la journée.

— Ce doit être un grand fan de Leon Friedman pour l'avoir invité ici après toutes ces années.

— Oui, dit la jeune femme dont la voix s'est réduite à un murmure. En fait, il l'a fait venir pour moi. C'est le premier roman qui nous a plu à tous les deux.

— C'est charmant. Un peu comme le premier restaurant dans lequel vous seriez allés ensemble ou la première chanson sur laquelle vous auriez dansé, par exemple.

— Tout à fait.

— Peut-être a-t-il prévu de demander votre main ?

— Cette idée m'a traversé l'esprit.

Amelia vide la pelle pleine de poussière dans la poubelle.

— Pourquoi le livre ne s'est-il pas vendu, d'après vous ? lui demande la femme après un moment.

— Eh bien… parce que la concurrence est rude. Et parce que les ventes d'un livre ne dépendent pas seulement de sa qualité.

— Ce doit être difficile.

— Et vous ? Vous écrivez ?

— J'ai essayé, oui.

Amelia s'interrompt un instant pour observer la cliente. Elle a de longs cheveux raides bien coupés. Son sac coûte probablement aussi cher que la voiture d'Amelia. La jeune femme lui tend la main et se présente :

— Amelia Loman.

— Leonora Ferris.

— Leonora, comme Leon, pépie Maya qui a bien récupéré et s'est préparé un milk-shake. Moi, je m'appelle Maya Fikry.

— Êtes-vous d'Alice ? demande Amelia.

— Non, je suis venue pour la journée assister à la lecture.

Leonora se lève, Amelia plie sa chaise et la pose contre le mur en poursuivant :

— Vous devez être une grande fan du livre, vous aussi. Comme je vous l'ai dit, mon petit ami habite ici et je sais par expérience qu'on n'y vient pas facilement.

— Non, en effet, reconnaît-elle en récupérant son sac.

Une idée frappe Amelia tout d'un coup.

— Personne ne voyage sans un but précis. Ceux qui se perdent ont souhaité s'égarer, déclare-t-elle.

— Vous citez *Marié sur le tard*, devine Leonora après une courte pause. C'est donc bien votre préféré.

— Oui. « Quand j'étais jeune, je ne me suis jamais senti jeune. » Ou quelque chose dans le genre. Vous rappelez-vous la fin de la phrase ?

— Non.

— Les auteurs ne se souviennent pas de tout ce qu'ils écrivent, remarque Amelia. Comment le pourraient-ils ?

— Ce fut un plaisir de bavarder avec vous, la remercie Leonora avant de se diriger vers la porte.

Amelia lui pose la main sur l'épaule.

— C'est vous, n'est-ce pas ? Vous êtes Leon Friedman.

Leonora secoue la tête.

— Oui et non.

— Que voulez-vous dire ?

— Il y a bien longtemps, une fille a écrit un roman. Elle a essayé de le proposer à plusieurs éditeurs, mais aucun d'eux n'en a voulu. C'était l'histoire d'un vieil homme qui avait perdu sa femme. Il n'y avait ni personnages hors du commun, ni concepts sophistiqués. Alors elle a pensé qu'il serait plus facile de qualifier son livre d'autobiographie.

— C'est… c'est… ce n'est pas bien, bredouille Amelia.

— En effet. Mais toutes les émotions dans ce livre sont vraies, bien que fictives.

— Mais alors, qui était cet homme ?

— J'ai fait appel à une agence de casting. D'habitude, il joue le père Noël.

Amelia secoue la tête.

— Je ne comprends pas. Pourquoi avoir accepté

cette lecture ? Pourquoi vous être donné tant de mal ? Pourquoi prendre ce risque ?

— Le livre a fait un bide… et parfois vous avez juste envie de savoir… de constater par vous-même que votre travail a réussi à toucher certaines personnes.

Amelia la dévisage.

— J'ai un peu l'impression d'avoir été bernée, avoue-t-elle finalement. Vous écrivez très bien, vous savez ?

— Oui, je sais.

Leonora Ferris disparaît au bout de la rue et Amelia regagne la librairie.

— Quelle journée bizarre ! lui dit Maya.

— Je suis d'accord.

— Qui était cette dame, Amy ?

— C'est une longue histoire.

Maya fait la tête.

— C'est une parente éloignée de M. Friedman.

Amelia couche la petite puis se sert un verre. Doit-elle parler de Leonora Ferris à A.J. ? Elle ne voudrait pas le dissuader de recevoir d'autres auteurs. Elle ne tient pas non plus à passer pour une idiote ou à se compromettre professionnellement : elle lui a vendu un livre qui était le fruit d'une imposture. Et peut-être que Leonora Ferris a raison après tout. Qu'importe qu'un livre soit vrai, au sens strict. Un séminaire de théorie littéraire qu'elle a suivi en deuxième année de licence lui revient en mémoire. Qu'est-ce qui est vrai ? leur avait demandé leur professeur. Les autobiographies ne sont-elles pas aussi le fruit d'une invention ? Amelia s'endormait systématiquement pendant ces cours, ce qui était gênant vu qu'ils n'étaient que neuf à les suivre. Après toutes ces années, elle prend conscience qu'elle a enregistré toutes les paroles de l'enseignant pendant son sommeil.

A.J. la rejoint à l'appartement à 22 heures passées.

— Ça a été, le trajet ? lui demande Amelia.

— Seul point positif, Friedman a dormi quasiment tout du long. J'ai quand même passé les vingt dernières minutes à nettoyer les sièges arrière d'Ismay.

— Eh bien, j'ai hâte d'assister à une prochaine lecture, monsieur Fikry.

— Était-ce à ce point désastreux ?

— Non, en fait je crois que tout le monde a apprécié. Et la librairie a vendu beaucoup de livres. (Amelia se lève dans l'intention de partir : si elle ne le fait pas maintenant, elle ne résistera pas à l'envie de lui parler de Leonora Ferris.) Il vaudrait mieux que je rentre. Nous partons vraiment tôt demain.

— Non, attends. Reste encore un peu.

A.J. sent l'écrin dans sa poche. Il tient à lui faire sa demande avant que l'été ne s'achève, quoi qu'il advienne. Il risque de rater une occasion en or. Il sort la boîte et la lui lance.

— Réfléchis vite, lui dit-il.

— Quoi ? demande-t-elle en se retournant.

L'écrin la heurte au front.

— Oh ! À quoi tu joues, A.J. ?

— J'essayais de te retenir. Je pensais que tu l'attraperais au vol. Désolé.

Il se précipite vers elle pour lui déposer un baiser sur le front.

— Tu as visé un peu haut.

— Tu es plus grande que moi. Il m'arrive de viser trop haut.

Elle ramasse l'écrin tombé par terre et l'ouvre.

— C'est pour toi, lui explique-t-il. C'est… (Il s'agenouille, prend ses mains dans les siennes, et tâche de ne pas trop avoir l'air d'un comédien sur scène.) Marions-nous, lance-t-il, avec une expression douloureuse. Je suis coincé sur cette île, pauvre, père célibataire, et propriétaire d'un commerce dont les profits s'amenuisent, je le sais. Ta mère me déteste et je suis nul dès qu'il s'agit de recevoir un auteur.

— En voilà une demande singulière ! commente Amelia. Et tu fonces la tête la première, A.J.

— Tout ce que je peux dire… Tout ce que je peux dire, c'est que nous trouverons des solutions, je te le jure. Quand je lis un livre, je voudrais que tu le lises en même temps. Connaître l'avis d'Amelia. J'aimerais que tu sois mienne. Je te promets des livres, des discussions et tout mon cœur, Amy.

Elle sait qu'il dit la vérité. Il a évoqué toutes les raisons qui font de lui un mauvais parti, pour elle ou n'importe qui d'autre d'ailleurs. Le voyage s'annonce infernal. Cet homme, cet A.J. est susceptible et tatillon. Il est persuadé d'avoir toujours raison. Sans doute à juste titre du reste.

Mais il s'est trompé. A.J. l'infaillible s'est laissé berner par Leon Friedman. Elle ne saurait expliquer pourquoi, et pourtant… là, tout de suite, ce n'est pas rien. Peut-être cette erreur révèle-t-elle son côté puéril et rêveur. Amelia penche la tête. *Je garderai ce secret parce que je t'aime*. Comme l'a écrit Leon Friedman – ou plutôt Leonora Ferris : « Il faut une petite dose de conspiration pour faire un bon mariage. »

Elle fronce les sourcils, si bien qu'A.J. s'attend à essuyer un refus.

— Les braves gens ne courent pas les rues, finit-elle par déclarer.

— Tu parles du livre d'O'Connor ? Celui qui se trouve sur ton bureau ? C'est une référence un peu sinistre pour un moment pareil !

— Non, je parlais de toi. Je cherche depuis toujours. Seuls deux trains et un bateau nous séparaient.

— Tu peux oublier le train si tu prends ta voiture.

— Et que sais-tu des voitures, monsieur Je-n'ai-pas-mon-permis ? demande-t-elle.

*

* *

L'automne suivant, alors que les feuilles des arbres viennent juste de roussir, Amelia et A.J. se marient.

Lambiase a demandé à sa mère de l'accompagner.

— J'adore les mariages. N'est-ce pas particulièrement charmant de voir deux vrais adultes se marier ? dit-elle à son fils.

Elle aimerait beaucoup qu'il se remarie un jour.

— Je vois où tu veux en venir, m'man. Ils n'ont pas l'air de se lancer là-dedans tête baissée, lui répond Lambiase. Il sait qu'elle n'est pas parfaite et vice versa. Ils sont tous les deux conscients que la perfection n'existe pas.

Maya a préféré porter les alliances, une responsabilité plus importante, que de se contenter d'être la demoiselle d'honneur.

— Si tu perds l'une des fleurs de ton bouquet, tu peux la remplacer par une autre, explique-t-elle. Si tu perds l'alliance, tout le monde est malheureux pour toujours. Le porteur d'alliances détient beaucoup plus de pouvoir.

— On croirait entendre Gollum, commente A.J.

— C'est qui, Gollum ? demande Maya, curieuse.

— Un gros loser que ton père aime beaucoup, lui répond Amelia.

Avant la messe, la jeune femme offre à Maya une boîte contenant un ex-libris indiquant : *Ce livre appartient à Maya Tamerlane Fikry*. À ce stade de son existence, la petite adore encore les objets qui portent son nom.

— Je suis ravie d'entrer dans ta famille, ajoute Amelia. Je t'aime vraiment beaucoup.

Maya est occupée à tamponner son premier ex-libris dans le livre qu'elle est en train de lire : *The Astonishing Life of Octavian Nothing*[1].

— Oui, moi aussi. Oh, attends. (La petite sort un flacon de vernis orange de sa poche.) J'ai quelque chose pour toi.

— Merci. Je n'en ai pas de cette couleur.

— Je sais. C'est pour ça que je l'ai choisi.

Amy retourne la bouteille pour en découvrir le nom : *Épous... touflant.*

A.J. avait suggéré de convier Leon Friedman à leur mariage mais Amelia a refusé. Ils tombent néanmoins d'accord sur l'extrait du livre que lira un des camarades d'université de la mariée.

La peur sourde de ne pas être aimable, au sens propre, nous isole, mais c'est l'isolement qui nous porte à croire qu'on ne peut être aimé. Un jour, Dieu seul sait quand, vous roulerez sur une route. Et un

1. *L'Étonnante Histoire d'Octave de Rien du Tout.*

Ismay patiente dans l'entrée de sa maison. Elle croise les jambes en enroulant son pied droit autour de son mollet gauche. Un jour, elle avait vu une présentatrice prendre cette posture et ça l'avait impressionnée. Il faut des jambes fines et des genoux souples pour y arriver. Elle se demande si la robe qu'elle a enfilée n'est pas trop légère. Elle est en soie et on n'est plus en été.

Un coup d'œil à son portable. Onze heures du matin, ce qui signifie que la cérémonie a déjà commencé. Et si elle partait sans lui ?

Elle est déjà en retard, à quoi bon y aller seule ? Si elle l'attend, elle pourra l'engueuler dès qu'il arrivera. Il n'y a pas de petit plaisir.

Daniel franchit la porte à 11 h 26.

— Désolé, quelques-uns de mes élèves voulaient m'emmener boire un verre. Une chose en amenant une autre, tu sais ce que c'est.

— Oui.

Elle ne se sent plus d'humeur pour les prises de bec et préfère garder le silence.

— Je suis passé à mon bureau. Mon dos me fait

un mal de chien. (Il pose un baiser sur sa joue.) Tu es magnifique, ajoute-t-il en sifflant. Toujours d'aussi jolies jambes, Izzie.

— Va te changer, tu sens l'alcool. Tu as pris le volant pour rentrer ?

— Je ne suis pas bourré, juste un peu la gueule de bois. Il ne faut pas confondre, Ismay.

— Je n'en reviens pas que tu sois toujours en vie.

— Ou presque, dit-il en grimpant les marches de l'escalier.

— Tu pourras me descendre mon châle pendant que tu y es ? lui lance-t-elle en doutant qu'il l'ait entendue.

*

* *

Aucune originalité dans la cérémonie, un mariage sera toujours un mariage, se dit Ismay. A.J. paraît négligé dans son costume de coton bleu. Il aurait quand même pu louer un smoking pour l'occasion ! On est sur Alice, pas sur la côte du New Jersey. Et où Amelia s'est-elle dégotté cet horrible déguisement qui lui sert de robe ? Elle tire plus sur le jaune que sur le blanc et lui donne l'air d'une hippie. Amelia porte toujours des vêtements vintage alors que ça ne met pas sa silhouette en valeur. Et ces grosses marguerites dans ses cheveux, c'est une blague ou quoi ? Bonté divine, elle n'a plus vingt ans. On ne voit que ses gencives quand elle sourit.

Depuis quand suis-je devenue si mauvaise ? Leur bonheur ne fait pas son malheur. Ou peut-être que si. Et s'il fallait que l'équilibre soit maintenu entre bonheur et malheur, toujours et partout ? Elle devrait se montrer plus aimable. Tout le monde sait que l'antipathie se lit sur le visage, passé quarante ans. Et puis, Amelia est plutôt séduisante même si elle n'est pas aussi belle que Nic. Regarde comme Maya sourit. Elle a encore perdu une dent. Et A.J. a l'air tellement heureux. Regarde ce veinard qui essaie de retenir ses larmes.

Ismay se réjouit pour A.J., ce qui ne veut pas dire grand-chose, mais le mariage est une épreuve pour elle. La cérémonie relègue définitivement Nic dans le passé et confronte Ismay à ses propres désillusions, ce dont elle se passerait bien. Elle a quarante-quatre ans. Elle a épousé un homme trop beau qu'elle n'aime plus. Elle a fait sept fausses couches au cours des douze dernières années. Son gynécologue l'a déclarée proche de la ménopause : tout ça pour ça.

Elle regarde Maya à l'autre bout de la salle. Quelle charmante petite fille, et intelligente en plus. Ismay lui fait un signe de la main, mais la petite est plongée dans un bouquin. Celle-ci ne s'est jamais montrée particulièrement chaleureuse avec sa marraine, ce qui surprend tout le monde. Maya apprécie pourtant la compagnie des adultes et Ismay est connue pour sa gentillesse avec les enfants. Elle leur donne des cours depuis vingt ans. *Vingt ans.* Sans s'en apercevoir, elle est passée de la nouvelle prof super-intelligente dont les jambes faisaient tourner toutes les têtes à la vieille Mme Parish qui monte les spectacles de fin d'année. Tout le monde trouve qu'elle s'investit trop là-dedans et que c'en est ridicule. Ils surestiment son investissement personnel, bien sûr. Combien de temps encore pourra-t-elle enchaîner les spectacles médiocres ? Les visages changent, mais aucune de ces mômes n'est assez prometteuse pour devenir la prochaine Meryl Streep.

Ismay noue son châle autour de ses épaules et décide d'aller marcher un peu. Elle descend vers la jetée puis ôte ses escarpins à talons aiguilles pour arpenter la plage déserte. On est fin septembre et l'air évoque déjà l'automne. Elle essaie de se souvenir du titre d'un livre, celui dans lequel l'héroïne nage vers le large et se suicide à la fin.

Ce serait si facile, se dit Ismay. Tu plaques tout. Tu nages un peu. Trop loin. Et tu n'essaies pas de rejoindre la côte. Tes poumons se remplissent. C'est un peu douloureux au début mais, rapidement, tout est fini. Plus rien ne peut te blesser, tu n'as plus rien à te reprocher. Tu ne laisses aucune trace. Peut-être qu'un jour ton corps est rejeté par la mer. Peut-être pas. Daniel ne la chercherait même pas. Et s'il le faisait, il ne se donnerait pas trop de mal.

Mais bien sûr ! Le titre lui revient à présent : c'est *L'Éveil*, de Kate Chopin. Comme elle avait aimé cet ouvrage (court roman ?) à dix-sept ans ! La mère de Maya avait mis fin à ses jours en procédant de la même façon. Pour la énième fois, elle se demande si Marian Wallace l'avait lu, elle aussi. Ismay a souvent pensé à elle ces dernières années.

Elle entre dans l'eau, plus froide qu'elle ne l'aurait cru. *Je peux le faire*, songe-t-elle. Il suffit de continuer à avancer.

Il suffit de se jeter à l'eau.

— Ismay !

Elle se retourne, à contrecœur. C'est Lambiase, ce flic agaçant qui est devenu l'ami d'A.J. Il a ses chaussures à la main.

— Un peu froid pour piquer une tête, non ?

— Un peu, concède-t-elle. Je voulais juste m'éclaircir les idées.

Lambiase la rejoint.

— Bien sûr.

Ismay claque des dents. Le policier enlève sa veste de costume et la pose sur ses épaules.

— Ce doit être dur de voir A.J. se remarier, devine-t-il.

— Oui. Mais Amelia paraît très gentille.

Elle se met à pleurer. Heureusement, le soleil a bien amorcé son déclin. Peut-être que Lambiase ne remarquera rien.

— Le problème des mariages, c'est qu'on peut s'y sentir terriblement seul parfois.

— Oui.

— Je ne veux pas aller trop loin, je sais que nous ne nous connaissons pas très bien. Mais… eh bien… votre mari est un imbécile. Si j'étais marié à une femme aussi belle et brillante que vous…

— Vous allez trop loin.

— Pardon, s'excuse Lambiase. Je n'ai aucune éducation.

Ismay hoche la tête.

— Je n'irais pas jusque-là. Vous m'avez prêté votre veste. Et je vous en remercie.

— L'automne est précoce sur Alice. Nous devrions rentrer.

*

*   *

Daniel baratine la demoiselle d'honneur d'Amelia sous la baleine du Pequod, qu'on a bardée de guirlandes lumineuses pour l'occasion. Janine, une blonde hitchcockienne à lunettes, a gravi les échelons dans l'édition avec Amelia. Daniel n'est pas au courant, mais on a chargé la jeune femme de s'assurer que le grand écrivain ne ferait pas d'écart.

Janine porte une robe vichy jaune choisie et offerte par la mariée.

— Je sais que tu ne la remettras pas, avait dit Amelia.

— Une couleur difficile à porter, lance Daniel, mais qui vous va à ravir. Janine, c'est ça ?

Elle acquiesce.

— Janine, demoiselle d'honneur. Loin de moi l'idée de reprendre un poncif, mais puis-je vous demander ce que vous faites dans la vie ?

— Je suis éditrice, répond-elle.

— Sexy et intelligente. Et vous publiez quel genre de livres ?

— Eh bien, un album sur Harriet Tubman, que j'ai sorti il y a quelques années, a reçu le prix d'honneur Caldecott[1].

— Impressionnant, s'extasie Daniel alors qu'il est plutôt déçu.

Il cherche à changer de maison d'édition. Ses ventes ne sont plus ce qu'elles étaient et il estime que son éditeur n'y met pas assez du sien. Il aimerait bien tirer sa révérence avant d'être remercié.

— C'est le prix le plus prestigieux, non ?

1. Récompense décernée par l'Association des bibliothèques pour enfants.

— Il n'a pas eu la médaille mais le prix d'honneur.
— Je parie que vous êtes une bonne éditrice.
— Qu'est-ce qui vous fait dire ça ?
— Eh bien, parce que vous ne me laisseriez pas croire que votre livre a obtenu le premier prix.
Janine consulte sa montre.
— Janine regarde sa montre, constate Daniel. Le vieil écrivain l'ennuie.
La jeune éditrice sourit.
— Rayez la seconde phrase. Le lecteur saura. L'image est plus parlante que les mots.
— Si vous vous engagez dans cette voie, il me faut un verre, lance-t-il avant de faire un signe au serveur. Vodka. De la Gray Goose, si vous en avez. Et un peu d'eau pétillante. (Il se tourne vers Janine.) Vous désirez ?
— Un verre de rosé.
— Janine, demoiselle d'honneur. L'image est plus parlante que les mots, quelle règle débile ! la sermonne-t-il. Elle est tirée des livres sur l'écriture du scénario de Syd Field et ne s'applique donc pas du tout à l'écriture romanesque. Les romans ne sont pas parlants. Pas les meilleurs en tout cas. Il ne faut pas calquer les romans sur les scenarios.
— J'ai lu votre livre quand j'étais au collège.
— Oh, ne me dites pas ça. Vous me donnez un coup de vieux.
— C'était le roman préféré de ma mère.
Daniel feint d'avoir été touché en plein cœur. Ismay lui tapote l'épaule.
— Je rentre, lui murmure-t-elle à l'oreille.
Daniel la suit jusqu'à la voiture.
— Ismay, attends-moi.

Elle a pris le volant parce que Daniel a trop bu. Ils habitent dans le quartier des falaises, la partie la plus chère de l'île. Il n'y a que des maisons avec vue sur la mer et la route qui y conduit est escarpée, sinueuse, jalonnée de virages en épingle. Faiblement éclairée, elle est bordée de panneaux jaunes, incitant à la prudence.

— Tu as pris ce virage un peu vite, chérie, lui dit Daniel.

Elle envisage l'embardée, le plongeon dans l'océan, et la pensée de mourir à deux lui plaît beaucoup plus qu'un suicide en solitaire. Ismay prend alors conscience qu'elle ne veut pas mourir. Elle veut que son mari meure. Ou plutôt, qu'il disparaisse. Oui, disparaisse. Elle opte pour ce terme-là.

— Je ne t'aime plus.

— Ismay, tu es ridicule. Comme toujours après un mariage.

— Tu n'es pas un homme respectable.

— Je suis complexe et peut-être pas un mec bien, mais on peut trouver pire. Il n'y a pas lieu de mettre un terme à un mariage parfaitement normal, Ismay.

— Tu es la cigale et moi la fourmi. Et j'en ai assez de ce rôle, Daniel.

— Un peu puéril comme référence, Ismay. Je suis certain que tu peux trouver mieux.

Ismay gare la voiture sur le bas-côté, ses mains tremblent.

— Tu es mauvais et le pire, c'est que tu m'as rendue aussi mauvaise que toi.

— Je ne vois pas de quoi tu parles.

Une voiture les double dans un sifflement. Elle

est passée si près qu'elle a fait vibrer la carrosserie du 4 × 4.

— Cet endroit est vraiment mal choisi pour stationner, Ismay. Si tu veux qu'on se dispute, rentrons à la maison et faisons ça dans les règles.

— Ça me rend malade de la voir avec A.J. et Amelia. Ce devrait être la nôtre.

— Quoi ?

— Maya, répond-elle. Si tu avais pris tes responsabilités, elle serait notre fille aujourd'hui. Mais tu baisses les bras devant la moindre difficulté. Et moi, je ne dis rien. (Ismay le regarde droit dans les yeux.) Je sais que tu as couché avec Marian Wallace.

— C'est faux.

— Ne me mens pas ! Je sais qu'elle est venue ici pour se suicider sous ton nez. Qu'elle a laissé Maya pour toi. Mais tu étais trop je-m'en-foutiste ou trop lâche pour le reconnaître.

— Si tu crois ce que tu dis, pourquoi n'avoir rien fait ? lui demande Daniel.

— Parce que ce n'était pas mon rôle ! J'étais enceinte et ce n'était pas à moi de laver ton linge sale.

Une autre voiture passe, manquant les envoyer dans le décor.

— Mais si tu avais pris ton courage à deux mains pour venir me voir, je l'aurais adoptée, Daniel. Je t'aurais pardonné et je l'aurais recueillie. J'ai attendu que tu me parles, en vain. J'ai attendu des jours, des semaines, des années…

— Ismay, crois ce que tu veux, mais je n'ai jamais eu d'aventure avec Marian Wallace. Ce n'était qu'une admiratrice, qui a assisté à une de mes lectures.

— Tu me prends pour une imbécile ?

Daniel soupire.

— Elle est venue à une de mes lectures et je n'ai couché avec elle qu'une seule fois. Comment pouvais-je être sûr que cette enfant était de moi ?

Il essaie de prendre la main d'Ismay mais elle se dégage.

— C'est bizarre, lâche-t-elle. Il ne reste plus rien de l'amour que j'éprouvais pour toi.

— Je t'aime toujours, moi, lui répond Daniel.

Soudain, le rétroviseur réfléchit une lumière de phares.

Le choc se produit à l'arrière et propulse la voiture en travers de la route, au milieu des deux voies.

— Je crois que je n'ai rien, observe Daniel. Et toi ? Ça va ?

— J'ai mal aux jambes. Elles sont sûrement cassées.

Des phares apparaissent à nouveau, de l'autre côté de la route, cette fois.

— Ismay, il faut sortir de là.

Il pivote juste à temps pour voir le camion. *L'ironie du sort*, pense-t-il.

Dans l'incipit de son premier roman, le héros est victime d'un terrible accident de la route. Daniel avait eu du mal avec ce passage. Il s'était rendu compte que tout ce qu'il savait des carambolages, il l'avait appris dans les livres ou dans les films. Après s'y être repris à plus de cinquante fois, il avait finalement opté pour une description qui ne l'avait jamais pleinement satisfait. Il s'agissait d'une série de fragments, écrits dans le style des poètes modernes. Du genre Apollinaire ou Breton peut-être, mais en moins bon.

Des lumières, assez violentes pour dilater vos pupilles.

Des klaxons paresseux entendus trop tard.

Des tôles froissées comme du papier de soie.

Le corps ne souffrait pas parce qu'il était déjà parti... ailleurs.

Oui, pense Daniel peu après l'impact mais juste avant de mourir, *c'est ça*. Sa description n'était pas si mauvaise finalement.

DEUXIÈME PARTIE

Une Conversation avec mon père

1972/GRACE PALEY

Un père mourant se dispute avec sa fille sur la « meilleure » façon de raconter une histoire. Je suis sûr que ça te plaira beaucoup, Maya. J'hésite même à descendre pour te le mettre entre les mains.

A.J.F.

Maya a un devoir à faire pour l'atelier d'écriture. Le sujet : raconter l'histoire d'une personne que vous auriez souhaité mieux connaître. *Mon père biologique est pour moi un fantôme,* écrit-elle. Sa première phrase sonne bien, mais comment développer ? Après deux cent cinquante mots raturés et une matinée gaspillée, elle s'avoue finalement vaincue. Comment écrire l'histoire d'un homme dont elle ignore tout ? C'est un fantôme pour elle, au sens littéral. Son devoir est mort-né.

A.J. lui prépare un panini au fromage.

— Alors, Hemingway. Qu'est-ce que ça donne ?

— On ne t'a jamais appris à frapper avant d'entrer ?

Elle lui arrache le sandwich des mains et lui claque la porte au nez. Autrefois, elle adorait vivre au-dessus de la librairie. Maintenant qu'elle a quatorze ans et qu'Amelia a emménagé, l'appartement paraît minuscule. Et bruyant. Maya peut entendre les allées et venues incessantes des clients. Comment voulez-vous travailler dans des conditions pareilles ?

En désespoir de cause, Maya décide de parler du chat d'Amelia.

Flaqui n'aurait jamais imaginé quitter Providence pour venir s'installer sur Alice Island.

Elle reprend : *Flaqui n'aurait jamais imaginé vivre au-dessus d'une librairie.*

Fantaisiste. Voilà ce que son professeur, M. Balboni, lui dirait. Maya a déjà traité des sujets du point de vue de la pluie ou d'un vieux livre de bibliothèque. *Le concept ne manque pas d'intérêt*, avait-il écrit sur sa copie, *mais vous pourriez essayer d'aborder le point de vue d'un héros humain la prochaine fois. Tenez-vous vraiment à vous spécialiser dans l'anthropomorphisme ?*

Il lui avait fallu consulter son dictionnaire pour comprendre le sens de ce mot avant de décréter que non, elle ne tenait pas à être cataloguée ainsi. Elle ne veut pas être cataloguée du tout, d'ailleurs. Et pourtant, est-ce si grave d'être douée pour ce genre-là ? Maya a passé son enfance à dévorer des livres, à s'inventer la vie des clients, et parfois celle d'objets inanimés tels que la théière ou le tourniquet des marque-pages. Elle n'a pas grandi dans la solitude même si certains de ses proches n'étaient pas des êtres animés.

Un peu plus tard, Amelia vient frapper à sa porte.

— Tu travailles ? Et si tu faisais une petite pause ?

— Entre.

Amelia s'allonge sur le lit.

— Tu écris quoi ?

— Je n'en sais rien, c'est bien là le problème. Je pensais avoir une idée mais ça ne marche pas.

— Oh, problématique en effet.

Maya expose le sujet de son devoir.

— On doit trouver une personne chère. Une personne décédée peut-être ou qu'on aurait aimé mieux connaître.

— Tu pourrais peut-être parler de ta mère ?

Maya secoue la tête. Loin d'elle l'idée de vexer Amelia, mais elle a de bonnes raisons de se montrer réticente.

— J'en sais aussi peu sur elle que sur mon père biologique, déclare-t-elle.

— Tu as vécu avec elle pendant deux ans. Tu connais son nom et quelques éléments de son passé. Pourquoi ne pas partir de là ?

— J'en sais assez sur elle à mon goût. Elle avait ses chances. Elle a tout gâché.

— Ce n'est pas vrai, la reprend Amelia.

— Elle a baissé les bras, non ?

— Elle devait avoir ses raisons. Je suis sûre qu'elle a fait de son mieux.

Amelia avait perdu sa propre mère deux ans plus tôt et bien que leur relation n'eût pas toujours été simple, la jeune femme fut surprise de constater à quel point elle lui manquait. Jusqu'à sa mort, sa mère lui avait envoyé tous les mois des sous-vêtements par la poste. Amelia ne s'en était jamais acheté de toute sa vie. Récemment, elle s'était retrouvée au rayon lingerie de TJ Maxx et dès qu'elle s'était approchée du panier de culottes, elle avait fondu en larmes : *Personne ne m'aimera plus jamais autant qu'elle.*

*

* *

— Une personne décédée ? lance A.J. pendant le dîner. Pourquoi pas Daniel Parish ? Vous étiez très amis tous les deux.

— J'étais petite à l'époque, rétorque Maya.

— N'est-ce pas à cause de lui que tu as décidé de devenir écrivain ?

— Non, souffle Maya en roulant les yeux.

— Elle avait le béguin pour lui quand elle était petite, explique A.J. à sa femme.

— Pa-pa ! Tu dis n'importe quoi.

— On reste toujours très attaché à son premier amour littéraire, remarque Amelia. Moi, c'était John Irving.

— Tu mens, la corrige A.J. C'était Ann M. Martin.

— Oui, tu as probablement raison, lui concède-t-elle en riant avant de se resservir un verre de vin.

— Je suis ravie que vous trouviez ça drôle, reprend Maya. À tous les coups, je vais me planter et finir comme ma mère.

Sur ces mots, elle se lève de table et se rue vers l'escalier. L'appartement n'est pas conçu pour les sorties théâtrales, elle se cogne le genou dans une étagère.

— Cet endroit est trop petit ! s'écrie-t-elle avant de se réfugier dans sa chambre en claquant la porte derrière elle.

— Je devrais peut-être la rejoindre, soupire A.J.

— Non. Elle a besoin d'espace. C'est une adolescente. Laisse-la ruminer un peu.

— Elle n'a peut-être pas tort, ajoute A.J. Nous sommes trop à l'étroit ici.

Ils cherchent une maison sur Internet depuis qu'ils sont mariés. Maintenant que Maya est adolescente, l'appartement sous les combles, avec son unique salle de bains, a rétréci de façon exponentielle, comme par magie. La moitié du temps, A.J. préfère emprunter les toilettes de la librairie. Les clients sont plus civilisés que Maya et Amelia. Et puis les affaires marchent bien – du moins se stabilisent-elles –, et s'ils déménageaient, le premier étage pourrait servir d'extension du rayon jeunesse avec une zone dédiée aux lectures, ou une section cadeaux et cartes de vœux.

Sur Alice, toutes les offres qui entrent dans leur gamme de prix sont des maisons idéales pour un premier achat bien qu'A.J. ne soit plus un jeune premier. Étranges agencements des pièces et de la cuisine, chambres exiguës, rapports inquiétants sur l'état des fondations. Avant de commencer ses recherches, il pouvait compter sur les doigts d'une main toutes les fois où il avait regretté *Tamerlan*.

Un peu plus tard, cette nuit-là, Maya tombe sur une feuille de papier qu'on a glissée sous sa porte :

Maya,

Si tu es coincée, ça peut t'aider de lire : Beautés *d'Anton Tchekhov,* La Maison de poupées *de Katherine Mansfield,* Un Jour rêvé pour le poisson banane *de J.D. Salinger,* Scoutes *ou* La Vie ailleurs, *deux nouvelles de Z.Z. Packer,* Dans le cimetière où Al Jolson est enterré *d'Amy Hempel,* Obèse *de Raymond Carver,* Le Village indien *d'Ernest Hemingway.*

Tu les trouveras certainement tous en bas. Dans le cas contraire, n'hésite pas à me demander même si tu connais la librairie bien mieux que moi.

Je t'aime

Ton papa

*
* *

Elle fourre la liste dans sa poche et descend dans la boutique, fermée pour la nuit. Après avoir fait pivoter le tourniquet des marque-pages – coucou, tourniquet ! – elle prend un virage serré à droite.

*
* *

Maya se sent nerveuse et un brin excitée lorsqu'elle tend son devoir à M. Balboni.

— « Une escapade sur la plage ? » dit-il, lisant le titre.

— J'ai pris le point de vue du sable, lui explique-t-elle. L'hiver s'est abattu sur Alice et le sable se languit des touristes.

M. Balboni pivote et son éternel pantalon moulant en cuir noir couine. Il encourage ses élèves à mettre en avant les aspects positifs de leurs lectures tout en conservant un regard critique et éclairé.

— Eh bien, votre texte promet une description bien évocatrice.

— Je plaisante, monsieur Balboni. Je cherche à m'éloigner de l'anthropomorphisme.

— J'ai hâte de vous lire !

La semaine suivante, le professeur annonce à sa classe qu'il va lire un texte à voix haute et tout le monde se redresse sur sa chaise. C'est excitant d'être choisi, même si on s'expose à la critique. C'est excitant d'être critiqué.

— Que doit-on en penser ? demande-t-il à la fin de sa lecture.

— Eh bien, commence Sarah Pipp, ne le prends pas mal, mais les dialogues sont plutôt mauvais. Enfin, je vois où le personnage veut en venir, mais ses interventions ne pourraient-elles pas être plus précises ? (Sarah Pipp est critique de livres sur son blog *Paisley Unicorn Book Review*. Elle passe son temps à se vanter de tous les exemplaires gratuits que lui offrent les éditeurs.) Et pourquoi écrire à la troisième personne ? Et au présent ? Je trouve que ça donne un style trop puéril.

Billy Lieberman, dont les héros issus de milieux difficiles rencontrent des obstacles aussi bien parentaux que surnaturels, intervient :

— Je n'ai même pas compris la fin. C'est déroutant.

— Je dirais plutôt ambigu, le corrige M. Balboni. Vous vous rappelez que nous avons abordé ce point en classe la semaine dernière ?

Maggie Markakis – qui ne doit sa présence qu'à un problème d'emploi du temps entre deux cours, un de maths et l'autre de théorie politique – déclare que l'histoire lui a plu, même si elle a relevé des incohérences d'ordre financier.

Abner Shochet émet diverses objections : il déteste que les héros mentent (« J'en ai ras-le-bol des narrateurs auxquels on ne peut pas se fier » – un concept qui ne leur a été présenté que deux semaines plus tôt), et pire, il trouve que l'histoire manque de rebondissements. Cette dernière remarque n'affecte pas Maya dans la mesure où toutes les histoires d'Abner se soldent de la même façon : tout n'était qu'un rêve.

— Qu'est-ce qui vous a plu dans cette nouvelle ? leur demande M. Balboni.

— La grammaire, répond Sarah Pipp.

— J'ai beaucoup aimé le sentiment de tristesse qui se dégage de l'histoire, ajoute John Furness.

John a de longs cils bruns et une coupe de cheveux digne d'une pop star.

Il a écrit un texte sur les mains de sa grand-mère qui a accompli l'exploit de tirer des larmes à l'imperturbable Sarah Pipp.

— Moi aussi, ajoute le professeur. En tant que lecteur, j'ai réagi à toutes les petites choses sur lesquelles vous avez trouvé à redire. J'ai aimé le style un peu formel et l'ambiguïté. Je ne partage pas votre avis sur les « narrateurs non fiables ». Il faudra peut-être revenir sur ce concept. Je n'ai pas non plus relevé d'incohérence d'ordre financier. Tout bien considéré, j'estime que ce texte ainsi que la nouvelle de John intitulée *Les Mains de ma grand-mère* sont les deux meilleurs de ce semestre. Ils représenteront donc notre collège au concours des nouvelles du comté, cette année.

— Vous n'avez pas mentionné le nom de l'auteur du second texte, grogne Abner.

— Oui, bien sûr. Il s'agit de Maya. Un tonnerre d'applaudissements pour John et Maya.

Maya s'efforce de cacher sa satisfaction.

— C'est dingue, non, d'avoir été tous les deux sélectionnés par M. Balboni ? lui demande John après le cours.

Il la suit jusqu'à son casier, mais elle ne sait pas quoi répondre.

— Ouais, reconnaît-elle. J'ai bien aimé ton histoire.

Sa nouvelle lui avait plu en effet, mais elle a vraiment envie de gagner. Le premier prix se compose d'un bon d'achat de 150 dollars sur Amazon et d'une coupe.

— Tu t'achèteras quoi si tu l'emportes ? lui demande John.

— Pas des livres. J'ai tous ceux de mon père.

— Tu as de la chance ! J'aurais adoré vivre dans une librairie.

— J'habite au-dessus, pas dedans. Et ça n'est pas aussi génial que tu le crois.

— Je parie que si.

Il balaie les mèches de cheveux bruns qui cachent ses yeux.

— Ma mère aimerait savoir si tu veux qu'on t'emmène en voiture à la cérémonie.

— Mais on vient tout juste d'être sélectionnés.

— Je la connais. Ma mère adore le covoiturage. Pose la question à ton père.

— Mon père voudra certainement m'accompagner mais il n'a pas son permis. Donc il va probablement demander à ma marraine ou à mon parrain de nous y conduire. Et ta mère souhaitera forcément y assister elle aussi. Du coup, je ne pense pas que le covoiturage rime à grand-chose.

Elle a l'impression de monopoliser la parole depuis une demi-heure.

Il lui sourit, ce qui fait légèrement trembler son brushing.

— Pas de problème. On pourra peut-être te conduire quelque part une autre fois ?

*
* *

La remise des prix se déroule dans un lycée de Hyannis. Bien qu'elle ait lieu dans un simple gymnase (qui exhale une forte odeur de sueur et de cuir) et que la cérémonie n'ait pas encore commencé, tout le monde chuchote comme dans une église. Un événement littéraire majeur s'annonce.

Sur les quarante candidats sélectionnés, issus de vingt établissements, seuls les trois meilleurs auront le privilège de lire leur texte devant l'assemblée. Maya s'est entraînée avec John Furness. Il lui a conseillé de ralentir son débit et de contrôler sa respiration. Elle s'est exercée en suivant ses instructions, s'efforçant de parler lentement et d'inspirer à fond, un exercice beaucoup plus difficile qu'il n'y paraît. John lui a lu son texte à son tour et Maya lui a recommandé de rester naturel, de ne pas prendre ce ton emprunté de présentateur télé.

— Tu adores quand je fais ça, je le sais, lui avait-il lancé.

Et maintenant, c'est devenu systématique : il prend ce ton-là chaque fois qu'il lui adresse la parole. Quelle plaie !

Maya voit M. Balboni discuter avec une femme, certainement une collègue d'un autre lycée. Sa tenue trahit sa profession : une robe à fleurs avec un cardigan beige brodé de flocons blancs. Elle acquiesce à tout ce que lui dit son interlocuteur. M. Balboni, fidèle à lui-même, porte un pantalon en cuir avec la veste assortie – un costume deux pièces, en somme. Maya aimerait le présenter à son père pour l'entendre vanter son talent devant lui. Mais A.J. pourrait l'embarrasser, ce qui la fait hésiter. Le mois précédent, quand son père avait rencontré sa professeure d'anglais, Mme Smythe, il lui avait collé un livre entre les mains.

— Ce roman vous plaira beaucoup. Il est délicieusement érotique.

Maya aurait voulu disparaître.

A.J. a mis une cravate et sa fille a opté pour un jean. Elle avait essayé une des robes que lui avait choisies Amelia avant de changer d'avis. Les gens pourraient croire qu'elle accorde beaucoup trop d'importance à cette cérémonie. Amelia, qui a passé la semaine à Providence, doit les rejoindre mais arrivera probablement en retard. Maya sait déjà qu'elle sera déçue de ne pas la voir dans sa robe.

On frappe trois coups avec un brigadier sur l'estrade. La professeure au gilet beige souhaite la bienvenue aux spectateurs du concours de nouvelles des lycées du comté d'Island. Elle félicite tous les candidats pour leurs œuvres variées et émouvantes, déclare adorer son métier et annonce enfin le nom du premier finaliste.

John Furness fait partie des finalistes, bien sûr. Maya se renfonce dans son siège pour l'écouter. Son histoire lui semble meilleure que dans son souvenir. Sa description qui compare les mains de sa grand-mère à des mouchoirs en papier, lui plaît bien. Elle se tourne vers A.J. et le sonde du regard. Il a les yeux dans le vague, ce qui trahit son ennui.

L'auteure de la deuxième nouvelle primée s'appelle Virginia Kim, du lycée Blackheart. *Le Voyage* parle d'une enfant adoptée, originaire de Chine. A.J.

hoche la tête à plusieurs reprises. Maya devine qu'il préfère cette œuvre à la précédente.

La jeune fille commence à s'inquiéter : et si elle restait sur la touche ? Heureusement qu'elle a mis un jean. Un rapide coup d'œil alentour pour repérer la sortie la plus proche. Amelia est debout devant l'entrée de l'auditorium et lève son pouce avant d'articuler en silence :

— La robe. Où est passée la robe ?

Maya hausse les épaules et reporte son attention sur la lauréate. Virginia Kim porte une robe en velours noir avec un col Claudine blanc. Elle lit tout doucement, sa voix se perd même en murmures parfois. On dirait qu'elle tient à ce que tout le monde tende l'oreille pour l'entendre.

Manque de bol, *Le Voyage* est cinq fois plus long que *Les Mains de ma grand-mère* et au bout d'un moment, Maya décroche. *Aller en Chine doit prendre moins de temps*, se dit-elle.

Si *Une Escapade sur la plage* n'est pas dans le trio de tête, elle pourra toujours se rabattre sur les biscuits de la réception et les tee-shirts des lots de consolation. Mais à quoi bon rester quand on n'a pas été primé ?

Si elle arrive troisième, Maya ne le prendra pas mal de ne pas avoir gagné.

Si John Furness sort vainqueur, elle tâchera de ne pas le haïr.

Dans le cas où elle remporterait le premier prix, elle envisage d'offrir la récompense aux bonnes œuvres. À une association d'enfants défavorisés ou à un orphelinat.

Si elle perd, ce ne sera pas grave. Elle n'a pas écrit cette nouvelle pour la gloire ni même par devoir.

Autrement, elle aurait développé l'histoire de Flaqui. L'atelier d'écriture fonctionne selon un principe binaire : réussite/échec.

Le moment est venu de connaître le nom du troisième lauréat et Maya serre la main d'A.J.

Un Jour rêvé pour le poisson-banane

1948/J.D Salinger

Il n'y a aucune raison de mépriser une chose bonne, universellement admise comme telle. (Pour la petite histoire : il m'a fallu tout l'après-midi pour pondre cette phrase. Mon esprit a mouliné sur le « universellement admise ».)

Une Escapade sur la plage, *qui t'a ouvert les portes du concours de nouvelles du comté, me rappelle un peu l'histoire de Salinger. Si je dis ça, c'est qu'à mon sens, la première place aurait dû te revenir.* Les Mains de ma grand-mère *qui a remporté le prix d'excellence si je ne m'abuse, était beaucoup plus simpliste que ta nouvelle, d'un point de vue narratif, formaliste et surtout émotionnel. En ma qualité de libraire, je sais que les prix littéraires boostent les ventes mais sont rarement un critère de qualité.*

A.J.F.

P.-S. : Le plus prometteur dans ta nouvelle, c'est son empathie. Qu'est-ce qui motive les gens à faire ce qu'ils font ? C'est la marque des grands écrivains.

P.-P.-S. : Si j'avais une critique, ce serait de ne pas avoir introduit la natation plus tôt.

P.-P.-P.-S. : De plus, les lecteurs sauront ce qu'est un distributeur automatique de billets.

UNE ESCAPADE SUR LA PLAGE

Par Maya Tamerlane Fikry
Élève de 2nde au lycée d'Alice
Enseignant : Edward Balboni

Mary est en retard. Elle a sa chambre particulière mais partage la salle de bains avec six autres personnes qui la monopolisent sans arrêt. Lorsqu'elle en sort enfin, la baby-sitter est assise sur son lit.

— Mary. Ça fait cinq minutes que je t'attends.

— Désolée. Je voulais prendre une douche mais la salle de bains était prise.

— Il est déjà 11 heures. Tu m'as payée jusqu'à midi et j'ai un rendez-vous à midi un quart. Tu as donc intérêt à mettre le turbo.

Mary remercie la jeune fille et embrasse son bébé sur le front.

— Sois sage, lui dit-elle.

Mary traverse le campus en courant, fonce vers le département d'anglais et monte les marches quatre à quatre. Au moment où elle arrive enfin, sa professeure est déjà sur le départ.

— Mary, je m'apprêtais à partir. Je pensais que vous ne viendriez plus. Entrez, je vous en prie.

Mary pénètre dans le bureau tandis que son enseignante sort son devoir et le pose sur la table.

— Mary. Vous n'aviez que des A et depuis quelque temps, vos résultats sont en chute libre dans toutes les matières.

— Je suis désolée, lui répond la jeune fille. Je vais tâcher de m'améliorer.

— Avez-vous des problèmes en ce moment ? Vous étiez l'une de nos meilleures élèves.

— Non, lui assure-t-elle en se mordant la lèvre.

— L'université vous a attribué une bourse. Ces mauvais résultats vous placent dans une position délicate. Quand j'en informerai l'administration, ils décideront probablement de vous retirer la bourse ou, au mieux, de vous renvoyer quelque temps.

— Ne faites pas ça, je vous en prie, la supplie Mary. Je n'ai nulle part où aller. Et cette bourse est mon seul revenu.

— C'est pour votre bien, Mary. Vous devriez rentrer chez vous et vous reprendre en main. Nous sommes à quelques semaines des fêtes de Noël. Vos parents comprendront.

Mary arrive au dortoir avec quinze minutes de retard, elle est accueillie par le regard accusateur de la baby-sitter.

— Mary, lui lance-t-elle, tu es en retard, encore une fois. Et j'ai des choses à faire, moi. Je suis désolée. J'aime beaucoup ton bébé, mais je ne vais plus pouvoir la garder.

Mary récupère le nourrisson des bras de la jeune fille.

— D'accord, lâche-t-elle.

— Et puis tu me dois trois heures de garde. À 10 dollars l'heure, ça nous fait 30 dollars.

— Je peux te régler la prochaine fois ? lui demande Mary. Je comptais passer au distributeur en rentrant mais je n'ai pas eu le temps.

La baby-sitter grimace.

— Tu n'auras qu'à laisser l'argent dans une enveloppe à mon nom dans mon dortoir. Ça m'arrangerait vraiment que tu me paies avant Noël. J'ai des cadeaux à acheter.

Mary acquiesce.

— Au revoir, bébé, lance la baby-sitter. Passe de joyeuses fêtes de Noël.

L'enfant lui répond en babillant.

— Vous avez quelque chose de prévu pour Noël toutes les deux ?

— Je vais probablement l'emmener chez ma mère, lui répond Mary. Elle vit à Greenwich dans le Connecticut. Elle décore toujours un très grand sapin, nous prépare un délicieux dîner. Des tonnes de cadeaux nous attendront, Maya et moi.

— Ça va être super.

*

* *

Mary glisse sa fille dans son porte-bébé et s'achemine vers la banque. Elle vérifie le solde de son compte courant au distributeur. Il lui reste 75,17 dollars. Elle en retire 40 et va faire de la monnaie à l'intérieur.

Elle glisse 30 dollars dans une enveloppe à l'intention de la baby-sitter, va s'acheter un ticket de métro et descend au terminus de la ligne. Le quartier n'est pas aussi beau que celui de son université.

Mary emprunte la rue jusqu'à une maison délabrée avec un grillage à l'entrée. Il y a un chien attaché dans le jardin. Il aboie en l'apercevant et le bébé se met à pleurer.

— N'aie pas peur, mon ange, lui dit-elle. Le chien ne peut pas t'atteindre.

Elles entrent dans la maison. Des enfants courent dans tous les sens, l'intérieur est très sale, comme les petits. Ils sont tous très bruyants quoique d'âges différents. Certains sont en chaises roulantes, d'autres, handicapés. Parmi eux, une fillette s'écrie :

— Salut, Mary. Qu'est-ce que tu viens faire ici ?

— Je suis venue voir maman.

— Elle est là-haut. Elle ne se sent pas bien.

— Merci.

— Est-ce que c'est ton bébé, Mary ?

— Non, lui répond-elle, en se mordillant la lèvre. Je la garde pour une copine.

— Comment ça se passe à Harvard ? reprend la fillette.

— Super bien.

— Je parie que tu n'as que des A.

Mary hausse les épaules.

— Tu es tellement modeste, Mary. Tu fais toujours partie de l'équipe de natation ?

Mary ne lui répond pas et s'engage dans l'escalier pour monter voir sa maman.

Cette dernière est une Blanche atteinte d'obésité morbide alors que Mary est noire et maigre. Maman ne peut pas être sa mère biologique.

— Bonjour, maman, lui dit Mary. Joyeux Noël.

La jeune fille dépose un baiser sur la joue de l'énorme femme.

— Salut, Mary. Mademoiselle l'universitaire. Je ne pensais pas te voir revenir dans ton foyer.

— Non.

— C'est ton bébé ? demande maman.

— Oui, soupire la jeune femme.

— Quel gâchis ! Une fille intelligente comme toi qui fout sa vie en l'air. Je t'avais pas dit de ne jamais coucher ? Ou pas sans protection ?

— Si, maman, lui répond-elle en se mordillant la lèvre. Maman, est-ce qu'on pourrait revenir s'installer quelque temps ici, ma fille et moi ? J'ai décidé de prendre un congé à la fac, histoire de réorganiser un peu ma vie. Ça m'aiderait beaucoup.

— Oh, Mary. J'aurais bien aimé t'aider, mais la maison est pleine à craquer. Je n'ai pas de chambre pour toi. Tu es trop vieille pour que je perçoive des allocations de l'État du Massachusetts.

— Maman, je n'ai nulle part où aller.

— Mary, écoute bien mon conseil. Tu devrais plutôt voir le père de cette enfant.

Mary secoue la tête.

— Je le connais à peine.

— Dans ce cas, à ta place, je ferais adopter l'enfant.

— Je ne peux pas faire ça non plus.

Mary retourne dans sa chambre, à l'université. Elle prépare un sac d'affaires pour le bébé dans lequel elle fourre un Elmo en peluche. Une de ses camarades remonte le couloir et entre dans sa chambre.

— Eh, Mary, où tu vas ?

Mary affiche un grand sourire.

— Je pensais partir faire un tour sur la plage, dit-elle. La petite adore la mer.

— Il ne fait pas un peu froid pour se balader au bord de la mer ?

— Non, nous allons bien nous couvrir. Et puis, c'est vraiment très beau une plage en hiver.

La jeune fille hausse les épaules.

— Si tu le dis.

— Quand j'étais petite, mon père m'y emmenait tout le temps.

Mary dépose l'enveloppe au dortoir de la baby-sitter et règle ses billets de train et de ferry jusqu'à Alice par carte bancaire.

— Le voyage est gratuit pour l'enfant, l'informe le guichetier.

— Tant mieux.

Quand elle arrive sur l'île, la première chose que voit Mary, c'est une librairie. Elle y entre avec son bébé pour se réchauffer. Un homme bougon tient la caisse. Il porte des Converse aux pieds.

Un chant de Noël est diffusé dans le magasin ; il s'agit de « Have yourself a Merry Little Christmas ».

— Cette chanson me colle le bourdon, lance un client. C'est la plus triste que je connaisse. Quelle idée d'écrire des paroles aussi tristes pour un chant de Noël.

— Je cherche un livre, déclare Mary.

Le grincheux se déride un peu.

— Quel genre aimez-vous ?

— Oh tous, mais mes préférés sont ceux où le héros rencontre tout un tas de difficultés qu'il parvient à surmonter à la fin. Je sais que ça n'a rien de réaliste mais c'est justement pour ça qu'ils me plaisent.

Le libraire pense avoir exactement ce qu'il lui faut et disparaît. À son retour, Mary est partie.

— Mademoiselle ?

Il laisse l'ouvrage sur le comptoir au cas où la cliente reviendrait.

Mary arpente la plage, seule, sans son bébé.

Elle faisait partie de l'équipe de natation autrefois. Ses talents de nageuse lui avaient permis de remporter le championnat inter-lycées de l'État. Aujourd'hui, la mer est agitée, l'eau glaciale, et Mary manque d'entraînement.

Elle nage vers le large, dépasse le phare et disparaît.

FIN

*

* *

— Félicitations, dit Maya à John Furness à la réception.

Elle serre très fort le tee-shirt roulé autour de son poignet. Amelia a gardé l'accessit de Maya : le troisième prix.

John hausse les épaules :

— Je pensais que tu obtiendrais le premier prix. Mais c'est cool qu'ils aient retenu deux nouvelles d'Alice.

— M. Balboni est sans doute un bon prof.

— On peut partager mon prix, si tu veux.

Maya fait non de la tête. Elle ne tient pas à gagner de cette façon.

— Qu'est-ce que tu aurais acheté ?

— J'aurais tout donné aux bonnes œuvres, aux enfants défavorisés.

— Sérieux ? demande John en prenant sa voix de présentateur télé.

— Mon père n'aime pas trop qu'on fasse des achats en ligne.

— Tu ne m'en veux pas, hein ?

— Non, je suis contente pour toi. On-a-ga-gné !

Elle lui donne un coup de poing dans l'épaule.

— Oh ! s'écrie John.

— À bientôt. Il ne faut pas qu'on rate le ferry pour Alice.

— Nous non plus. Mais il nous reste pas mal de temps avant le dernier.

— Mon père a du boulot à la librairie.

— On se reverra en cours, alors.

Sur le trajet du retour, Amelia félicite Maya d'avoir remporté un prix avec sa très belle nouvelle, mais A.J. se tait.

La jeune fille met ce silence sur le compte de la déception. Toutefois, quelques minutes avant de descendre du véhicule, il déclare :

— Ce n'est pas juste. À chacun ses goûts, proverbe aussi vrai que terrible. Ce type de sélection dépend des goûts, de l'humeur d'une poignée de gens à un instant T. Tenez, par exemple : deux des trois finalistes étaient des femmes, ce qui a dû faire pencher la balance en faveur de l'homme. Ou peut-être l'un des membres du jury a-t-il perdu sa grand-mère la semaine dernière, ce qui l'a rendu plus sensible à cette nouvelle. On ne saura jamais. Mais ce dont je suis sûr, c'est qu'*Une Escapade sur la plage* de Maya Tamerlane Fikry a été écrit par un véritable écrivain.

Maya s'attend à ce qu'il la prenne dans ses bras. Au

lieu de ça, il lui serre la main, comme pour féliciter un collègue ou un auteur de passage à la librairie.

Une phrase lui vient alors à l'esprit : j'ai compris que j'étais écrivain le jour où mon père me serra la main.

*

* *

Juste avant la fin de l'année scolaire, A.J. et Amelia font une offre pour une maison située dans l'arrière-pays, à dix minutes environ de la librairie. Bien qu'elle se compose de quatre chambres, de deux salles de bains et qu'elle bénéficie, selon A.J., du calme nécessaire à un jeune auteur pour travailler, elle n'a rien d'idyllique. La dernière propriétaire y était décédée – elle n'avait pas voulu quitter sa maison, mais ne l'avait pas beaucoup entretenue au cours des cinquante dernières années. Les plafonds sont bas, le papier peint se décolle par endroits, les fondations sont chancelantes… A.J. l'a surnommée la « baraque de dans dix ans », et c'est bien *a minima* le temps qu'il faudra pour la rendre habitable. Amelia, de son côté, l'appelle « le projet » et se prépare à y travailler tout de suite. Maya, qui vient de terminer la trilogie du *Seigneur des anneaux*, l'a baptisée Cul-de-Sac, « parce qu'on pourrait croire qu'un Hobbit y a élu domicile ».

A.J. embrasse sa fille sur le front. Il se réjouit d'avoir produit un petit cerveau aussi génial.

Le Cœur révélateur

1843/E.A. Poe

Vrai !
Maya, peut-être ignores-tu que j'ai été marié avant Amelia et que j'ai eu une autre activité que celle de libraire. Ma première épouse s'appelait Nicole Evans. Je l'aimais énormément. Elle est morte dans un accident de la route, emportant une grosse partie de moi avec elle, et puis je t'ai trouvée.

J'ai rencontré Nicole à l'université, et je l'ai épousée une fois que nous avons tous les deux été diplômés. Elle aspirait à devenir poétesse mais devait aussi faire des recherches pour sa thèse, ce qui ne l'enchantait pas. Elle travaillait sur les poétesses du XXe siècle (Adrienne Rich, Marianne Moore, Elizabeth Bishop ; comme elle détestait Sylvia Plath.) De mon côté, j'avais bien avancé ma thèse en littérature américaine. Mon sujet portait sur la description des maladies dans les œuvres d'E.A. Poe. Je n'étais pas particulièrement passionné par ce thème qui, au bout d'un moment, a fini par me dégoûter. Selon Nic, il devait exister d'autres moyens, plus efficaces et amusants, d'avoir une vie littéraire.
— Ah oui, lesquels ? lui ai-je demandé.

— Libraire, m'a-t-elle répondu.
— Développe.
— Es-tu au courant qu'il n'y a pas de librairie dans ma ville natale ?
— Ah bon ? Il devrait pourtant y en avoir une sur Alice. L'endroit s'y prête.
— Je suis bien d'accord. Une ville sans librairie est un lieu sans cœur.
Voilà comment nous avons quitté l'université, emménagé sur Alice, investi les économies de Nic, et ouvert la Librairie de l'île.

Faut-il préciser que nous n'avions aucune idée de ce dans quoi nous mettions les pieds ? Au cours des années qui ont suivi la mort de Nicole, je me suis souvent demandé à quoi aurait ressemblé ma vie si j'avais terminé ma thèse.

Mais je digresse.

Cette nouvelle est sans conteste la plus connue d'E.A. Poe. Si tu t'intéresses à ce que ton père a fait dans une autre vie, tu trouveras, dans la boîte sur laquelle est inscrit le mot « éphémères », mes notes et vingt-cinq pages de projet de thèse (essentiellement sur Le Cœur révélateur*).*

A.J.F.

— C’est la fin en queue de poisson qui m’ennuie le plus dans une nouvelle, déclare l’adjoint Doug Lippman en choisissant quatre mini-quiches sur le plateau de hors-d’œuvre offert par Lambiase.

Depuis le temps qu’il reçoit les membres de son club de lecture, Lambiase sait que la nourriture et les boissons comptent bien plus que la sélection du livre.

— Monsieur l’adjoint, intervient le policier, c’est trois quiches par personne maximum, sinon il n’y en aura pas assez pour tout le monde.

L’homme repose l’un de ses petits fours sur le plateau.

— Enfin, qu’est devenu le violon ? Est-ce que j’ai loupé un truc ? Un Stradivarius hors de prix ne peut pas s’évanouir comme ça dans la nature.

— Pas faux, commente Lambiase. D’autres commentaires ?

— Vous savez ce qui me rend folle, commence Kathy de la Crim’, eh bien, c’est que les flics bâclent leur boulot. Genre, quand personne ne met ses gants, je hurle : « Bas les pattes ! Vous contaminez la scène de crime. »

— Aucun risque de retrouver ça chez Deaver, lance Sylvio de l'accueil.

— S'ils pouvaient tous s'inspirer de Deaver, ajoute Lambiase.

— Mais ce qui m'horripile encore plus que le travail mal fait, c'est qu'une affaire soit résolue trop vite, poursuit Kathy. On trouve ça même chez Deaver. Il faut du temps pour découvrir le fin mot d'une histoire. Des années parfois. On doit se coltiner l'affaire un bon moment.

— Bonne remarque, Kathy.

— Soit dit en passant, ces petites quiches sont délicieuses.

— Costco, explique Lambiase.

— Je ne supporte pas les personnages féminins, intervient Rosie, pompier. La policière est systématiquement un ancien mannequin, issue d'une famille de policiers. Elle n'a qu'un seul défaut.

— Elle se ronge les ongles, complète Kathy de la Crim'. Des cheveux impossibles à coiffer et une grosse bouche.

Rosie éclate de rire.

— C'est le fantasme de la femme flic dans toute sa splendeur.

— J'sais pas, rétorque l'adjoint Dave. Moi, j'aime bien laisser libre cours à mon imagination.

— Peut-être que le violon n'était qu'un prétexte pour l'écrivain, suggère Lambiase.

— Bien sûr que non.

— Peut-être qu'il a cherché à montrer à quel point un simple violon peut affecter la vie de tout un chacun ? continue Lambiase.

— Bouh ! le hue Rosie en tournant son pouce vers le bas. Bouh !

Debout derrière le comptoir, A.J. suit leur débat. Sur la douzaine de clubs de lecture qu'il reçoit dans sa librairie, Le Choix du Chef est de loin son préféré.

— J'ai besoin de soutien, là, A.J., l'interpelle Lambiase. Il n'est pas forcément nécessaire de savoir qui a volé le violon.

— Si j'en crois mon expérience, les lecteurs préfèrent les livres qui leur donnent la solution. Même si, pour ma part, je n'ai rien contre l'ambiguïté.

Au mot « solution », l'assemblée pousse force exclamations.

— Lâcheur, crie Lambiase.

A.J. répond par un haussement d'épaules. C'est le moment que choisit Ismay pour entrer dans la librairie. Le débat se poursuit, mais Lambiase ne peut s'empêcher de la contempler. Elle porte une jupe d'été blanche et ample qui souligne sa taille fine. Sa coiffure – elle a de nouveau lâché ses cheveux roux – adoucit son visage. Elle lui fait penser aux orchidées que Nic plaçait toujours sur le rebord de la fenêtre, à l'avant de la maison.

Ismay rejoint A.J. et pose une liasse de feuilles sur le comptoir.

— J'ai enfin choisi une pièce, lui annonce-t-elle. Il me faudra sans doute cinquante exemplaires de *Notre Petite Ville* de Thornton Wilder.

— C'est un classique.

Plusieurs années après la mort de Daniel Parish et une demi-heure après la fin du club de lecture, Lambiase estime qu'il peut demander un petit service à A.J.

— C'est un peu embarrassant, mais tu demanderais à ta belle-sœur si elle serait disposée à sortir avec un bel officier des forces de l'ordre ?

— À qui fais-tu allusion ?

— À moi. Je plaisantais sur le côté beau gosse. Je sais que je ne suis pas une gravure de mode.

— J'ai bien compris. Mais à qui veux-tu que je pose la question ? Amelia est fille unique.

— Non, je veux parler de ton ex-belle-sœur, Ismay.

— Ah, je comprends, Ismay. (A.J. marque un temps de réflexion.) *Ismay* ? *Vraiment* ? *Elle* ?

— Ouais. J'ai toujours eu un faible pour elle. Ça remonte au lycée. On ne peut pas dire que je lui ai tapé dans l'œil. Mais on ne rajeunit pas. Alors je me dis que je devrais peut-être tenter ma chance maintenant.

A.J. passe un coup de fil à Ismay pour se renseigner.

— Lambiase ? répond-elle.

— C'est un type bien.

— C'est juste que… Je ne suis encore jamais sortie avec un policier.

— Ta réflexion sonne horriblement snob.

— Je ne veux pas être blessante. Mais les hommes en uniforme ne m'ont jamais particulièrement attirée.

Et voilà où ça vous a menés, *Daniel et toi*, pense A.J. qui garde sa réflexion pour lui.

— Oh bien sûr, mon mariage a été un désastre.

*

* *

Quelques jours plus tard, Lambiase et elle se retrouvent pour dîner à l'El Corazon. Elle commande le Surf and Turf et un gin-tonic. Inutile de lui sortir le grand jeu puisque Ismay estime qu'il n'y aura pas de second rendez-vous.

— Quel appétit ! commente Lambiase. Je prendrai la même chose.

— Alors, que faites-vous quand vous n'êtes pas en service ?

— Eh bien, croyez-le ou non, répond-il timidement, je lis beaucoup. Enfin, tout est relatif. Pour vous, ce serait sans doute peu, je sais que vous enseignez la littérature.

— Qu'est-ce que vous lisez ?

— Un peu de tout. J'ai commencé avec des thrillers. Pas très original. Mais après, A.J. m'a conseillé d'autres sortes de livres. Je crois que vous appelez ça de la fiction littéraire. Ces romans manquent d'un peu d'action à mon goût. Je suis gêné de l'admettre, en fait, mais j'aime bien la littérature pour jeunes adultes. Certains de vos élèves en lisent sans doute. Les histoires sont pleines d'aventures et de sentiments. Je lis aussi tout ce que me recommande A.J. Il a un penchant pour les nouvelles…

— Je sais.

— Et je suis les conseils de Maya, aussi. J'adore parler livres avec eux. Ce sont de vrais spécialistes, vous savez. J'organise aussi un groupe de lecture pour mes collègues policiers. Vous avez sans doute vu les affiches du club Le Choix du Chef ?

Ismay fait non de la tête.

— Pardonnez-moi si je suis trop bavard. Je dois être nerveux.

— Vous vous en sortez très bien. (Ismay trempe les lèvres dans son gin-tonic.) Avez-vous déjà lu les romans de Daniel ?

— Oui, un seul. Le premier.

— Il vous a plu ?

— Pas ma tasse de thé. Même si c'est très bien écrit.

Ismay approuve.

— Votre mari vous manque-t-il ?

— Pas vraiment, répond-elle après un silence. Son sens de l'humour parfois. Mais ses meilleurs côtés, je les trouvais dans ses livres. S'il me manquait trop, je pourrais toujours les relire, j'imagine. Ça ne m'a pas encore effleurée.

Ismay laisse échapper un petit rire.

— Que lisez-vous dans ce cas ?

— Des pièces de théâtre et un peu de poésie. Et puis il y a les ouvrages que je sélectionne pour mes cours chaque année : *Tess d'Uberville, Johnny s'en va-t-en guerre, L'Adieu aux armes, Une Prière pour Owen*, certaines années, *Les Hauts de Hurlevent, Silas Marner, Une Femme noire* ou *Le Château de Cassandra*. Je les considère un peu comme de vieux amis. Quand il m'arrive de me choisir une nouveauté, un livre rien que pour moi, je cherche toujours une héroïne en voyage dans des contrées lointaines. L'Inde. Ou Bangkok. Tantôt, elle quitte son mari. Tantôt, elle est célibataire parce qu'elle sait – et c'est là toute sa sagesse – que la vie conjugale ne lui conviendrait pas. J'adore quand elle multiplie les amants ou qu'elle porte des chapeaux pour protéger son teint nacré du soleil. Ses voyages et ses aventures galantes me plaisent. J'aime les descriptions d'hôtels ou de valises décorées d'autocollants, celles des repas, des vêtements ou des bijoux. Un soupçon d'amour mais pas trop. L'histoire s'inscrit dans une époque.

Pas de téléphones portables. Pas de réseaux sociaux. Encore moins d'Internet. Idéalement, elle se déroule dans les années 1920 ou les années 1940. Pourquoi pas en temps de guerre ? Tant que ça reste la toile de fond. Pas d'effusions de sang. Un peu de sexe mais rien de trop explicite. Et pas d'enfants. Leur présence gâche souvent mon plaisir.

— Je n'en ai pas.

— Ils ne me dérangent pas dans la vraie vie. Je ne tiens juste pas à les retrouver dans mes lectures. La fin, heureuse ou triste, m'importe peu tant qu'elle est justifiée. L'héroïne peut s'installer quelque part, ouvrir un commerce, pourquoi pas ? Ou se noyer dans l'océan. En définitive, la couverture d'un livre compte beaucoup. Je me fiche de la qualité du contenu. Je refuse de gaspiller mon temps avec des objets laids. J'imagine que c'est un peu frivole.

— Vous êtes une sacrée jolie femme, la complimente Lambiase.

— Je n'ai rien d'exceptionnel.

— C'est faux.

— La beauté ne suffit pas pour courtiser quelqu'un, vous savez. Je le rabâche à mes élèves sans arrêt.

— Et vous dites ça alors que vous sélectionnez les livres en fonction de leur couverture.

— Eh bien, je me contente de vous prévenir. Peut-être suis-je un mauvais bouquin avec une jolie couverture.

— J'en ai déjà connu plusieurs, grogne-t-il.

— Vous avez un exemple à me donner ?

— Ma première épouse. Elle était belle, mais mauvaise.

— Et vous envisagez de reproduire les mêmes erreurs ?

— Nan. Je vous vois sur l'étagère depuis des années. J'ai lu le résumé et les citations sur la quatrième. Enseignante attentionnée. Marraine. Citoyenne modèle de la communauté. Soucieuse du mari de sa sœur et de sa nièce. Mauvais mariage, probablement contracté trop jeune mais a fait de son mieux.

— Schématique, lâche Ismay.

— Mais suffisant pour me donner envie de poursuivre ma lecture, réplique-t-il avec un sourire. Et si on commandait un dessert ?

*
* *

— Ma dernière relation sexuelle remonte à très longtemps, déclare Ismay dans la voiture, sur le chemin du retour.

— D'accord, répond Lambiase.

— Je pense qu'on devrait coucher ensemble, précise-t-elle. Enfin, si vous en avez envie.

— Bien sûr que j'en ai envie, mais à condition de ne pas être un coup d'un soir. Je ne veux pas être le précédent du suivant.

Ismay se moque de lui et le conduit jusqu'à sa chambre où elle ôte ses vêtements en laissant les lumières allumées. Il faut qu'il sache à quoi ressemble une femme de cinquante et un ans.

Lambiase émet un léger sifflement d'admiration.

— C'est gentil, mais si seulement tu m'avais vue avant. Tu remarques forcément mes cicatrices.

Une longue estafilade remonte de son genou jusqu'à

sa hanche. Lambiase en suit le dessin du bout du pouce. *C'est comme la couture d'une poupée*, se dit-il.

— Oui, je les vois. Mais ça ne gâche rien.

Sa jambe a été fracturée en quinze endroits et il a fallu qu'on lui remplace la rotule de la hanche droite, mais elle s'en est sortie. Pour une fois dans sa vie, Daniel avait essuyé l'essentiel de l'impact.

— Est-ce que c'est douloureux ? l'interroge Lambiase. Dois-je faire attention ?

Elle secoue la tête et l'invite à se déshabiller.

*
* *

Le lendemain matin, Ismay se réveille avant lui.

— Je vais te préparer ton petit-déjeuner, lui dit-elle.

Il acquiesce, encore ensommeillé, et elle embrasse son crâne rasé.

— Est-ce que tu te rases parce que tu te dégarnis ou parce que tu aimes ce look ?

— Un peu des deux.

Elle lui laisse une serviette sur le lit avant de quitter la chambre. Lambiase prend son temps pour se préparer. Il ouvre le tiroir de sa table de nuit et jette un coup d'œil sur ses affaires. Ismay a toute une panoplie de lotions luxueuses, qui ont son parfum. Il s'en met un peu sur les mains et ouvre son armoire. Ses vêtements paraissent minuscules, des robes en soie, des chemises en coton, des jupes en laine, et des gilets en cachemire aussi fins que des feuilles de papier. Toute sa garde-robe est impeccable et se décline dans des tons élégants de beige et de gris. Sur les étagères du haut, Ismay a rangé ses chaussures, toutes dans leur boîte d'origine. Au-dessus de l'une d'entre elles, Lambiase repère un petit sac à dos d'enfant rose.

S'il en croit son flair de flic, ce sac n'a rien à faire là. Il ne devrait pas mais il l'attrape et tire la fermeture Éclair. Lambiase tombe alors sur une trousse remplie de crayons de couleur et quelques coloriages. Il en prend un au hasard. *MAYA* est-il écrit sur la couverture. Juste derrière, le policier découvre un autre ouvrage, très fragile, faisant davantage penser à une brochure qu'à un livre. Lambiase lit le titre :

....

TAMERLAN

ET

AUTRES POÈMES

....

Par un Bostonien

....

La couverture est barbouillée de feutre.

Lambiase ne voit pas quoi en faire.

Son cerveau de policier mouline à plein régime et mitraille les questions suivantes : 1) S'agit-il de l'ouvrage que s'est fait voler A.J. ? 2) Pourquoi est-il en possession d'Ismay ? 3) Pourquoi est-il couvert de feutre/qui l'a colorié de cette façon ? Maya ? 4) Comment s'est-il retrouvé dans un sac qui porte le nom de la petite ?

Il s'apprête à dévaler l'escalier pour réclamer une explication à Ismay, mais se ravise et scrute le livre quelques secondes de plus.

Lambiase peut sentir l'odeur des pancakes de là où il est. Il l'imagine très bien en train de les préparer en bas. Elle porte sûrement un tablier blanc sur une chemise de nuit en soie. Ou peut-être rien qu'un tablier. Ce serait excitant. Ils pourraient à nouveau faire l'amour. Pas sur la table de la cuisine. Bien que ces scènes-là paraissent toujours très érotiques au cinéma, on n'est pas à son aise sur une table de cuisine. Sur le canapé alors ? Ou à l'étage ? Son matelas est si moelleux et ses draps si doux.

Lambiase s'enorgueillit d'être un bon flic. En tant que tel, il devrait descendre, et s'inventer une excuse pour s'éclipser plus tôt.

Mais est-ce le ronronnement du presse-orange qu'il entend ? Mettrait-elle aussi du sirop d'érable à chauffer ?

Le livre est en piteux état.

Et puis, son vol remonte à si longtemps. À plus de dix ans maintenant. A.J. est heureux en ménage. Maya a trouvé une famille. Ismay a souffert.

Sans oublier qu'il aime vraiment beaucoup cette femme. Et d'ailleurs, tout ça ne regarde pas Lambiase. Il replace donc le livre dans le sac qu'il referme avant de le remettre là où il l'a trouvé.

D'après lui, les flics peuvent prendre deux chemins différents en vieillissant. Ils deviennent soit plus intransigeants, soit plus tolérants. Lambiase s'est assoupli depuis ses débuts dans la police. Il a découvert que les gens pouvaient faire tout un tas de choses et en général pour de bonnes raisons.

Il descend dans la cuisine et s'installe à une table ronde, recouverte d'une nappe à la blancheur immaculée.

— Ça sent très bon, lui lance-t-il.

— C'est agréable de cuisiner pour quelqu'un. Tu es resté longtemps là-haut…

Ismay lui sert un verre de jus d'orange fraîchement pressé. Elle porte un tablier turquoise et une tenue de sport noire.

— Au fait, as-tu déjà lu la nouvelle de Maya, celle du concours ? À mon avis, la petite aurait dû l'emporter haut la main.

— Non, pas encore, lui répond Ismay.

— En gros, c'est le dernier jour de la vie de sa mère, vu par Maya.

— Elle a toujours été une enfant précoce.

— Je me suis toujours demandé pourquoi sa mère avait choisi Alice.

Ismay fait sauter un pancake, puis un deuxième.

— Qui sait ce qui pousse les gens à faire ce qu'ils font ?

Ironhead[1]

2005/Aimee Bender

Pour mémoire, le neuf vaut bien l'ancien.
Des parents à tête de citrouille ont un enfant à tête de fer. J'ai, pour des raisons qui me paraissent évidentes, beaucoup réfléchi à ça récemment.

A.J.F.

P.-S. : J'ai aussi beaucoup pensé à Une Balle dans le cerveau, *de Tobias Wolff. Une lecture que je te recommande aussi.*

1. *Tête de fer.*

La mère d'A.J., qui ne lui ressemble pas du tout, vient passer Noël à Alice. Paula est une femme minuscule avec de très longs cheveux gris qu'elle n'a pas coupés depuis qu'elle a arrêté de travailler pour une société d'informatique et pris sa retraite une décennie plus tôt. Depuis lors, elle demeure, le plus souvent, en Arizona. Elle fabrique des bijoux avec des cailloux qu'elle peint elle-même, enseigne la littérature aux détenus, porte secours à des huskies sibériens, s'efforce de changer de restaurant toutes les semaines, et sort parfois accompagnée – d'un homme ou d'une femme. Paula a viré bisexuelle sans en avoir fait tout un plat. Elle a soixante-dix ans et à son âge, mieux vaut mourir que de se priver d'un peu de nouveauté. Elle apporte trois cadeaux de la même taille, emballés dans le même papier, et jure que son choix est tout à fait justifié.

— J'ai pensé que ça vous plairait et vous serait utile à tous les trois, leur explique-t-elle.

Maya a deviné ce que c'est avant d'avoir déchiré le papier.

Elle en a vu au lycée. Tout le monde semble en

avoir une aujourd'hui, mais son père s'y oppose. Afin de ne froisser ni son papa ni sa grand-mère, elle prend son temps pour l'ouvrir en réfléchissant à la meilleure conduite à adopter.

— Une liseuse ! J'en rêvais depuis si longtemps.

Maya jette un rapide coup d'œil à son père. Il acquiesce tout en fronçant légèrement un sourcil.

— Merci, Nana, dit-elle en embrassant sa grand-mère.

— Merci, madame Fikry, répète Amelia qui préfère ne pas avouer qu'elle en a déjà une au boulot.

Dès qu'il comprend de quoi il s'agit, A.J. arrête de déballer son présent. S'il le laisse dans son emballage, peut-être pourra-t-il l'offrir à quelqu'un d'autre.

— Merci, maman, lâche-t-il avant de se mordre la langue.

— A.J., tu boudes, remarque Paula.

— Pas du tout, insiste-t-il.

— Tu dois vivre avec ton temps.

— Et pourquoi ? Qu'y a-t-il de si merveilleux à notre époque ?

On supprime toutes les meilleures choses de ce monde les unes après les autres, un peu comme le gras de la viande, se dit souvent A.J. D'abord, les magasins de disques, puis les vidéoclubs, ensuite est venu le tour des journaux et des magazines et désormais, même les grandes enseignes de librairies disparaissent. Il part du principe qu'un monde sans grandes librairies est bien pire qu'un monde avec. Ces boutiques-là, au moins, vendent des livres et non des médicaments ou du bois de construction. Elles emploient des diplômés en littérature qui savent lire et conseiller leurs clients. Elles peuvent écouler jusqu'à dix mille exemplaires d'un roman merdique et ainsi permettre à la Librairie de l'île de vendre cent exemplaires de fiction littéraire.

— Le meilleur moyen de vieillir, A.J., c'est de s'adapter à la technologie.

Après vingt-cinq ans passés dans une boîte informatique, sa mère se retrouve avec une pension enviable et ce genre d'opinion arrêtée, dénuée d'empathie, pense le libraire.

A.J. prend une profonde inspiration, un grand verre d'eau et une nouvelle inspiration. Son crâne oppresse son cerveau. Sa mère ne vient pas souvent leur rendre visite et il ne tient pas à gâcher le temps qu'ils passent ensemble.

— Papa, tu vires au cramoisi, remarque Maya.

— Tout va bien, A.J. ? demande sa mère.

Il pose les poings sur la table basse.

— Maman, cette machine infernale va détruire, à elle seule, mon entreprise, et pire encore, elle va envoyer des siècles de vibrante littérature aux oubliettes.

— Tu exagères, le réprimande Amelia. Calme-toi.

— Et pourquoi me calmerais-je ? Ce cadeau ne me plaît pas. Je n'aime pas l'idée d'avoir cette chose – et encore moins en trois exemplaires – sous mon toit. J'aurais préféré que tu choisisses un objet moins destructeur pour ma fille, comme une pipe à crack.

Maya glousse.

Paula semble au bord des larmes.

— Eh bien, je ne voulais contrarier personne.

— Tout va bien, intervient Amelia. C'est un très joli cadeau. Nous adorons tous lire et je suis certaine que nous nous en servirons avec plaisir. A.J. exagère.

— Je suis désolée, A.J. Je ne pensais pas que ce sujet te perturberait autant.

— Il fallait demander, avant, poursuit son fils.

— La ferme, A.J. Et madame Fikry, arrêtez de vous excuser. Ce cadeau convient parfaitement à une famille de lecteurs. De nombreuses librairies commencent à commercialiser des liseuses tout en continuant à vendre des livres papier. A.J. ne veut simplement pas…

— Tu sais que ce sont des conneries, Amelia, l'interrompt A.J.

— Que tu es grossier ! Tu ne peux pas enfouir ta tête dans le sable et faire comme si ces nouvelles technologies n'existaient pas. Ça ne résoudra pas le problème.

— Vous sentez cette odeur de brûlé ? s'enquiert Maya.

Une seconde plus tard, l'alarme incendie se met à beugler.

— Oh merde ! s'exclame Amelia. La poitrine de bœuf ! (Elle se rue dans la cuisine, A.J. sur les talons.) J'avais réglé le réveil de mon portable pour la sortir à temps, mais il n'a pas sonné.

— C'est moi qui l'ai mis sur silencieux pour qu'il ne gâche pas notre soirée de Noël, se désole A.J.

— Tu as quoi ? Ne t'avise plus de toucher à mon téléphone.

— Pourquoi ne pas avoir utilisé la minuterie du four ?

— Parce que JE NE ME FIE PAS à ce truc-là ! Ce four est sûrement centenaire comme tous les équipements de cette maison, au cas où tu ne l'aurais pas remarqué ! hurle Amelia en sortant le bœuf en flammes.

*
* *

La viande étant carbonisée, le dîner de Noël se résume essentiellement à des accompagnements.

— C'est ce que je préfère, commente la mère d'A.J.

— Moi aussi, dit Maya.

— Ça ne tient pas au corps, marmonne A.J. Ça ne suffit pas à rassasier.

Il souffre d'une migraine qui ne passe toujours pas après plusieurs verres de vin rouge.

— Quelqu'un pourrait demander à A.J. de me passer le vin ? demande Amelia. Et lui dire, par la même occasion, qu'il monopolise la bouteille.

— Très mature, commente A.J.

Il lui sert un autre verre.

— J'ai vraiment hâte de l'essayer, Nana, murmure Maya à sa grand-mère consternée. Je vais attendre d'être dans mon lit. (Elle fusille son père du regard.)

— Je trouve que c'est une très bonne idée, lui chuchote Paula.

*
* *

Un peu plus tard, dans la chambre, A.J. ressasse cette histoire de liseuse.

— Tu sais quel est le vrai problème de la liseuse ?

— J'imagine que tu vas me le dire, répond Amelia en levant les yeux de son livre.

— Tout le monde croit avoir bon goût alors que pour la majorité, ce n'est pas le cas. Je l'affirme, d'ailleurs. Quand on les laisse se débrouiller seuls, les gens lisent de la merde et ne savent pas faire la différence.

— Tu sais quel avantage présente la liseuse ? demande Amelia.

— Non, Madame Je-vois-le-bon-côté-des-choses. Et je ne tiens pas à le savoir.

— Eh bien, elles sont idéales pour les maris qui commencent à devenir presbytes, et je ne vise personne en particulier. Pour ces maris qui approchent de la cinquantaine et ont la vue qui baisse. Pour toutes ces femmes qui se coltinent des maris diminués…

— Abrège, Amy !

— La liseuse permet à ces maudites créatures de grossir la taille de la police autant qu'elles le désirent.

A.J. ne répond pas.

Amelia abandonne son livre pour décocher un sourire suffisant à son mari, mais quand elle pose ses yeux sur lui, il est pétrifié. A.J. a encore une de ces absences qui troublent tant sa femme, bien qu'elle s'efforce de ne pas s'en inquiéter.

Une minute et demie plus tard, il reprend le cours de la conversation.

— J'ai toujours été un peu presbyte. Ça n'a rien à voir avec la cinquantaine.

Il a un peu de salive au coin de la lèvre ; Amelia l'essuie avec un Kleenex.

— Bon sang, aurais-je encore décroché ?

— Oui.

A.J. lui arrache le mouchoir des mains. Il n'est pas du genre à aimer être materné.

— Combien de temps ?

— Environ quatre-vingt-dix secondes, je crois.

(Amelia marque un temps.) Est-ce plus long que d'habitude ?

— Peut-être un peu, mais ça reste dans la moyenne.

— Tu devrais faire un check-up, tu ne crois pas ?

— Non, je suis sujet à ce genre d'absence depuis l'engeance.

— L'engeance ?

— L'enfance. Qu'est-ce que j'ai dit ? (A.J. sort du lit et se dirige vers la salle de bains, suivi de sa femme.) Amelia, je t'en prie. Laisse-moi respirer.

— Pas question.

— Très bien.

— Je tiens à ce que tu ailles consulter un médecin. C'est la troisième fois depuis Thanksgiving.

A.J. refuse.

— J'ai une très mauvaise mutuelle, ma chérie. Et le Dr Rosen se contentera de m'expliquer que je souffre toujours du même trouble qu'autrefois. J'irai la voir en mars, comme chaque année.

Amelia entre dans la salle de bains.

— Le Dr Rosen pourrait te prescrire un nouveau médicament. (Elle se glisse entre son mari et le miroir, posant son généreux postérieur sur le lavabo double vasque qu'ils ont fait installer le mois précédent.) Tu es quelqu'un d'important, A.J.

— Je ne suis quand même pas le président, rétorque-t-il.

— Tu es le père de Maya et l'amour de ma vie. Et un pourvoyeur de culture pour cette communauté.

A.J. roule les yeux et pose un baiser sur les lèvres de Madame Je-vois-le-bon-côté-des-choses.

*

* *

Noël et le Nouvel An sont passés ; sa mère est bien rentrée en Arizona, Maya à l'école et Amelia au boulot. En cette période de fêtes, le plus beau cadeau, c'est de savoir que tout cela a une fin. A.J. apprécie la routine. Il aime préparer le petit-déjeuner le matin, courir au travail.

Il enfile son jogging, fait quelques exercices d'échauffement, se met un bandeau sur les oreilles, sangle son sac à dos et se précipite jusqu'à la librairie.

Il dépasse la maison d'Ismay qu'elle partageait jadis avec Daniel et aujourd'hui, chose improbable, avec Lambiase. Il franchit l'endroit où Daniel a trouvé la mort. Puis l'ancienne salle de danse. Comment s'appelait la professeure, déjà ? Il sait qu'elle a récemment déménagé en Californie, et que le local est désormais vide. Il se demande qui va enseigner la danse aux petites filles d'Alice maintenant. Il passe devant l'école primaire de Maya puis son collège et enfin son lycée. Sa fille a un petit ami. Ce Furness est un écrivain. Il les entend se chamailler sans arrêt. A.J. prend un raccourci, il coupe à travers champs et a pratiquement débouché sur Captain Wiggins Street quand il perd connaissance.

Il fait moins cinq degrés dehors et lorsqu'il retrouve ses esprits, sa main, au contact de la glace, est devenue bleue.

Il se relève et se réchauffe les mains en les nichant sous sa veste. C'est la première fois qu'il a une absence au beau milieu d'une course.

— Madame Olenska, lâche-t-il.

*
* *

Le Dr Rosen lui fait passer un examen complet. Pour un homme de son âge, A.J. est en bonne santé. Mais il y a quelque chose d'anormal dans ses yeux qui interpelle le médecin.

— Avez-vous rencontré d'autres problèmes ? lui demande-t-elle.

— Eh bien… C'est sans doute que je vieillis, mais je « bugue » de temps à autre.

— Vous « buguez » ?

— Je reformule. Ce n'est pas si grave. Mais il m'arrive d'employer un mot pour un autre. Engeance pour enfance, par exemple. Ou la semaine dernière, j'ai parlé des *Raisons de la molaire* au lieu des *Raisins de la colère*. Évidemment, c'est assez problématique dans mon travail. D'autant plus que j'étais persuadé d'avoir prononcé les mots justes. Ma femme pensait qu'il y avait peut-être un médicament pour remédier à ce type de problème.

— Aphasie. Je n'aime pas beaucoup ça.

Compte tenu des antécédents d'A.J. en matière d'absences, le Dr Rosen décide de l'envoyer consulter une neurologue à Boston.

— Comment va Molly ? s'enquiert-il pour changer de sujet.

Cela fait six ou sept ans que cette vendeuse revêche ne travaille plus pour lui.

— Elle vient d'être prise dans…

Et le docteur mentionne un programme d'écriture mais A.J. n'écoute plus. Il pense à son cerveau et se dit que c'est bizarre de devoir se servir d'un organe a priori défectueux pour examiner ce même organe défectueux.

— … persuadée qu'elle va écrire Le Grand Roman Américain. J'imagine que je dois vous tenir pour responsables, Nicole et vous.

— Nous sommes entièrement responsables, répond A.J.

*

* *

Glioblastome multiforme.

— Pourriez-vous me l'épeler, s'il vous plaît ? demande A.J.

Il est venu seul à son rendez-vous avec le spécialiste. Il ne voulait mettre personne au courant avant d'avoir confirmation.

— J'aimerais lancer une recherche dessus sur Google plus tard.

C'est une forme de cancer si rare que l'oncologue de l'hôpital général du Massachusetts n'avait encore jamais rencontré de cas ailleurs que dans des revues scientifiques ou une fois dans la série *Grey's Anatomy*.

— À quoi doivent s'attendre les patients qui en souffrent d'après les revues ? s'enquiert A.J.

— Au décès. Dans les deux ans, répond le spécialiste.

— Deux grosses années ?

— Une bonne année, je dirais.

A.J. réclame un second avis.

— Et dans la série télé ?

L'oncologue s'esclaffe. Son rire, comparable au

bourdonnement d'une tronçonneuse, semble avoir été conçu pour couvrir tous les autres.

— Eh bien, je crois qu'il vaudrait mieux éviter de faire des pronostics en se basant sur un feuilleton, monsieur Fikry.

— Qu'advenait-il du patient dans la série ?

— J'imagine qu'il passait sur la table d'opération, survivait pendant un épisode ou deux, pensait être sorti d'affaire, demandait sa copine médecin en mariage, était victime d'une crise cardiaque, sans rapport avec son cancer du cerveau et mourait dès l'épisode suivant.

— Ah.

— Ma sœur est scénariste pour la télévision et je crois qu'ils appellent ça un cycle de trois épisodes.

— Bon, je devrais donc m'attendre à un sursis allant de trois épisodes à deux ans.

L'oncologue se fend une fois encore d'un rire façon tronçonneuse.

— Bravo. Un bon sens de l'humour, c'est la clé. Et votre estimation me paraît sensée.

L'oncologue veut programmer une intervention tout de suite.

— Tout de suite ?

— Vos absences masquaient les symptômes, monsieur Fikry. Et le scan montre que la tumeur en est à un stade avancé. À votre place, je n'attendrais pas.

L'opération lui coûtera quasiment aussi cher que l'acompte versé pour leur maison. Reste à savoir ce que couvrira sa maigre assurance de petit commerçant.

— Imaginons que je subisse cette intervention, combien de temps gagnerai-je ?

— Tout dépendra de la masse qu'on parviendra à retirer. Dix ans, si on réussit à bien nettoyer la zone.

Et dans le cas contraire, je dirais deux ans peut-être. Ce type de tumeur a la fâcheuse tendance à proliférer.

— Et si vous parvenez à m'enlever ce truc, deviendrai-je un légume ?

— Nous n'aimons pas employer le terme de « légume », monsieur Fikry. Mais la tumeur s'est nichée dans votre lobe frontal gauche. Vous serez sans doute sujet à des pertes de langage occasionnelles. Une aphasie plus importante, etc. Mais avec ce que nous allons retirer, vous resterez sensiblement vous-même. Sans intervention, la tumeur va se développer jusqu'à la quasi-destruction de l'aire du langage dans votre cerveau. Quoi qu'il arrive, avec ou sans traitement, c'est, tôt ou tard, le sort qui vous attend.

Bizarrement, A.J. pense à Proust. Bien qu'il prétende avoir lu l'ensemble de la *Recherche*, A.J. n'a terminé que le premier volume, *Du côté de chez Swann*. Il avait eu du mal à en venir à bout. *Au moins je n'aurai plus à lire le reste*, se dit-il.

— Il faut que j'en parle avec ma femme et ma fille, déclare-t-il.

— Oui, bien sûr. Mais ne tardez pas trop à le faire.

*
* *

Dans le train puis le ferry qui le ramène à Alice, A.J. songe aux études universitaires de Maya. Il se demande aussi comment Amelia pourra rembourser l'emprunt qu'ils ont contracté moins d'un an plus tôt pour la maison. Tandis qu'il descend Captain Wiggins Street, il décide qu'il ne peut pas se lancer dans une telle intervention si c'est pour mettre ses proches sur la paille.

A.J. ne se sent pas encore prêt à affronter sa famille, alors il appelle Lambiase et les deux hommes se retrouvent au bar.

— Raconte-moi une bonne histoire de flic, lui demande A.J.

— Une histoire avec un bon flic ou une anecdote intéressante sur des flics ?

— L'une ou l'autre. Je te laisse juge. J'ai besoin d'entendre une histoire drôle qui me fera un peu oublier mes problèmes.

— De quels problèmes tu parles ? Tu as une femme parfaite. Une fille parfaite. Une affaire parfaite.

— Je te dirai après.

— Bon, d'accord. Laisse-moi réfléchir. Il y a bien quinze ans de ça, un môme part pour Alice. Il sèche les cours pendant un mois. Tous les jours, il dit à ses parents qu'il y va alors qu'il n'y va pas. Même quand ils l'y déposent, le gamin se débrouille pour s'échapper et filer.

— Où ?

— On y vient. Ses parents pensent qu'il doit avoir de gros ennuis. C'est un dur qui traîne avec des caïds. Ils ont tous de mauvaises notes et des pantalons trop larges. Ses parents tiennent un snack sur la plage et ne roulent pas sur l'or. Bref, ils sont désemparés, alors je décide de suivre leur môme pendant toute une journée. Le gamin va à l'école, et là, ni vu ni connu, il s'éclipse, tout simplement. Je le prends en filature et il finit par entrer dans un immeuble où je n'ai jamais mis les pieds, sur Main and Parker. Tu devines où je suis ?

— À la bibliothèque.

— Bingo. Tu sais que je ne lisais pas beaucoup en ce temps-là. Donc, je le suis en haut des escaliers et le vois s'installer dans un box de lecture individuel dans le fond. À ce moment-là, je me dis qu'il doit se droguer ou un truc du genre. L'endroit s'y prête très bien. À l'abri des regards. Mais tu sais ce qu'il a entre les mains ?

— Des livres, je suppose. C'est le plus évident, non ?

— Il tient un livre bien épais. Il est au beau milieu de *Infinite Jest*. T'en as entendu parler ?

— Mouais, tu es en train de me servir un gros bobard.

— Le garçon lit *Infinite Jest*. Il prétend qu'il ne peut le faire ni chez lui parce qu'il doit s'occuper de ses cinq frères et sœurs, ni devant ses potes qui se moqueraient de lui. Alors il sèche les cours pour pouvoir lire tranquillement. Le roman lui demande beaucoup de concentration. « Écoute, *hombre*, me dit-il. L'école ne m'apprendra rien. Tout est dans ce livre. »

— Admettons. Il est espagnol puisque tu as employé le mot *hombre*. Il y a beaucoup d'Hispaniques sur Alice ?

— Quelques-uns.

— Et alors ? Comment as-tu réagi ?

— Je l'ai traîné à l'école par la peau du cou. Le principal m'a demandé quelle punition donner à l'élève. À mon tour, j'ai demandé au gamin combien de temps il lui fallait pour finir son bouquin. Il m'a répondu : « Environ deux semaines. » J'ai donc conseillé au principal de l'expulser quinze jours pour délinquance juvénile.

— Tu as tout inventé. Avoue-le. Le jeune en difficulté ne séchait pas l'école pour aller lire *Infinite Jest*.

— Comme je te le dis, A.J. Je le jure devant Dieu. (Mais sur ces mots, Lambiase éclate de rire.) Tu semblais déprimé. Je t'ai raconté une histoire pour te remonter le moral.

— Merci. Merci beaucoup.

A.J. commande une deuxième bière.

— De quoi voulais-tu me parler ?

— C'est drôle que tu aies mentionné *Infinite Jest*. D'ailleurs, pourquoi avoir choisi ce titre-là ? s'enquiert A.J.

— Je le vois tout le temps dans ta librairie. Il occupe une place folle sur l'étagère.

— Oui. Un jour, je me suis pris le chou avec un de mes amis à propos de ce livre. Il l'avait adoré. Je l'avais détesté. Mais le plus drôle là-dedans, ce que je vais t'avouer maintenant…

— Oui ?

— C'est que je ne l'ai jamais lu en entier. (A.J. rit.) Cet ouvrage et ceux de Proust figurent tous sur ma liste de lectures inachevées, Dieu merci. Mon cerveau me lâche, au fait. (Il sort une feuille de papier et lit le diagnostic à voix haute.) Glioblastome multiforme. Ça te transforme en légume avant de te tuer. Mais au moins, c'est rapide.

Lambiase pose sa bière sur la table.

— Il doit bien y avoir une opération ou un traitement.

— Oui, mais l'intervention coûte un bras. Et ça ne sert qu'à retarder l'échéance, de toute façon. Je ne vais pas mettre Amy et Maya sur la paille pour bénéficier d'un sursis de quelques mois.

Lambiase termine sa bière. Il fait un signe au serveur pour en commander une autre.

— Je crois que tu devrais les laisser en décider.

— Elles se laisseront attendrir, objecte A.J.

— Et alors ?

— La meilleure solution, c'est de me faire sauter le caisson, si tu veux mon avis.

Lambiase secoue la tête.

— Tu ferais un truc pareil à Maya ?

— À quoi lui servirait un père en état de mort cérébrale si elle n'a plus un sou pour l'université ?

*

* *

Cette nuit-là, une fois les lumières éteintes, Lambiase attire Ismay contre lui dans leur lit.

— Je t'aime, lui dit-il. Et je tiens à ce que tu saches que je ne porte aucun jugement sur ce que tu as pu faire par le passé.

— OK, rétorque Ismay. J'allais m'endormir et je ne vois pas du tout de quoi tu parles.

— Du sac qui se trouve dans ton armoire, lui murmure-t-il. Je sais que le livre est dedans. J'ignore comment il a atterri là et je ne veux pas le savoir. Mais il faudrait le rendre à son propriétaire maintenant.

Ismay attend un long moment avant de briser le silence :

— Ce bouquin est tout abîmé.

— Mais un *Tamerlan*, même abîmé, doit sûrement valoir quelque chose, rétorque Lambiase. J'ai mené quelques recherches sur le site de Christie's et le dernier exemplaire a été vendu 560 000 dollars. Alors j'imagine qu'en mauvais état, il pourrait quand même rapporter dans les 50 000 dollars. Et A.J. et Amy ont besoin de cet argent.

— Pourquoi donc ?

En apprenant que son beau-frère est atteint d'un cancer, Ismay cache son visage dans ses mains.

— Voilà comment je vois la suite, reprend le policier. On nettoie la couverture pour y effacer toutes les empreintes, on le glisse dans une enveloppe et on le rend. Personne ne saura d'où il vient.

Ismay allume la lampe de chevet.

— Depuis combien de temps es-tu au courant ?

— Depuis la première nuit que j'ai passée chez toi.

— Et ça ne t'a rien fait ? Pourquoi tu ne m'as pas dénoncée ? demande-t-elle, le regard acéré.

— Parce que ça ne me regardait pas, Izzie. Je n'étais pas invité ici en tant que membre des forces de l'ordre. Et puis, je n'avais pas le droit de fourrer le nez dans tes affaires. Je me suis dit qu'il devait y avoir une explication. Tu es une femme bien, Ismay, et tu n'as pas toujours eu la vie facile.

Ismay se redresse, tremblante. Elle se dirige vers l'armoire et sort le sac à dos.

— Je tiens à te raconter ce qui s'est passé.

— Rien ne t'y oblige.

— Je t'en prie, je veux tout t'expliquer. Mais ne m'interromps pas, sinon je n'arriverai pas à aller jusqu'au bout.

— Très bien, Izzie.

— La première fois que Marian Wallace est venue me trouver, j'étais enceinte de cinq mois. Elle avait amené Maya qui devait avoir deux ans. Cette fille était très jeune, très belle et très grande avec des yeux de chien battu marron doré. « Maya est la fille de Daniel », a-t-elle déclaré. Ce à quoi j'ai répondu – et je n'en suis pas fière : « Qu'est-ce qui me prouve que vous ne mentez pas ? » J'étais pourtant convaincue qu'elle disait la vérité. Après tout, je connaissais mon mari et savais quel genre d'homme il était. Il me trompait depuis le jour de notre mariage, peut-être même avant. Mais j'adorais ses livres – ou du moins le premier. Et je pensais que la personne qui l'avait écrit se cachait sûrement au fond de lui, qu'un cœur noir ne pouvait pas écrire de si belles choses. Je n'ai compris que plus tard : on peut être à la fois un bon écrivain et un homme odieux. Je ne peux néanmoins pas rejeter toute la faute sur Daniel. J'assume ma part de responsabilité dans cette histoire. J'ai hurlé sur Marian Wallace qui avait l'air d'une gamine malgré ses vingt-deux ans. « Croyez-vous être la seule pétasse à s'être présentée ici en prétendant être enceinte de Daniel ? » Elle s'est confondue en excuses : « Mais je ne demande pas à ce que le bébé fasse partie de la vie de Daniel Parish. (Elle n'arrêtait pas de l'appeler par son nom complet. Parce que c'était une fan, tu comprends ? Elle le respectait.) Je ne demande pas à ce que le bébé fasse partie de la vie de Daniel Parish. Nous ne vous importunerons plus jamais, je vous le jure devant Dieu. Nous avons juste besoin d'un peu d'argent pour redémarrer. Pour avancer. Il m'avait promis son aide, mais je n'arrive plus à le contacter. » Son discours tenait la route. Daniel voyageait beaucoup – il intervenait dans une école en Suisse, partait pour Los Angeles, quoique ça n'ait jamais rien donné. Et pourtant, je lui ai dit : « D'accord. Je vais essayer de le joindre et voir ce que je peux faire. S'il confirme votre version de l'histoire… (Alors que je savais déjà !) S'il confirme votre version de l'histoire, nous trouverons peut-être une solution. » La fille m'a demandé comment me contacter et je lui ai promis de revenir vers elle. J'ai eu Daniel au téléphone cette nuit-là. Nous avons longuement échangé, mais je n'ai pas parlé de Marian Wallace. Il s'est montré si attentionné à mon égard, il commençait à faire des projets pour l'arrivée de notre enfant. « Ismay, dès la naissance du bébé, je deviendrai un autre homme, un homme nouveau. » Une promesse que j'avais déjà entendue, mais il a insisté : « Non, je parle sérieusement. Je resterai à la maison, j'écrirai plus, je prendrai soin de toi et de notre bout de chou. » C'était un baratineur. Je voulais pourtant croire que cette nuit-là marquerait un tournant dans mon mariage. Alors j'ai décidé de régler toute seule le problème Marian Wallace. Je trouverais bien un moyen de l'acheter. Pour en finir. Les habitants de cette ville ont toujours pris ma famille pour plus riche qu'elle n'était. Nic et moi avions un peu d'argent de côté, c'est tout. Elle avait investi le sien dans l'achat de la librairie et moi, j'avais cassé mon plan d'épargne pour acheter cette maison. Ce qui me restait, mon mari l'a très vite dépensé. Son premier roman s'est bien vendu, mais les suivants moins, alors qu'il a toujours eu des goûts de luxe et des revenus fluctuants. Je ne suis qu'une prof. Daniel et moi menions grand train, mais en réalité nous étions pauvres. Un peu après, ma sœur est décédée et mon beau-frère a sombré dans l'alcool. Par égard pour elle, je passais de temps en temps prendre des nouvelles d'A.J. le soir. Je m'introduisais chez lui, nettoyais son visage couvert de vomi, et le traînais jusqu'à son lit. Un soir, je l'ai retrouvé encore une fois ivre mort. Et *Tamerlan* était posé sur la table. Il ne m'avait encore jamais proposé de le partager avec moi, ce qui aurait été la moindre des choses. Cet enfoiré ne se serait jamais rendu à cette vente aux enchères sans moi. Alors, je mets A.J. au lit, je range le salon, nettoie les saletés qui traînent, donne un coup de chiffon partout et pour finir, sans même réfléchir, je glisse le livre dans mon sac. Le lendemain, tout le monde cherche *Tamerlan* mais je suis partie passer la journée sur le campus de Cambridge. Une fois dans la chambre de Marian Wallace, je jette le livre sur le lit en lui disant : « Écoutez, vous n'avez qu'à vendre ça. Cet ouvrage a beaucoup de valeur. » Elle observe l'objet d'un air dubitatif avant de demander : « Vous me menez en bateau ? – Non, ce livre appartient à Daniel et il tient à ce que vous l'ayez, mais vous ne pourrez jamais en révéler la provenance. Confiez-le à un commissaire-priseur ou à un spécialiste en livres rares, en disant que vous l'avez trouvé quelque part dans un bac de livres d'occasion. » Après ça, je n'entends plus parler d'elle et me dis que cette histoire est peut-être terminée.

La voix d'Ismay s'éteint.

— Mais ça n'a pas été le cas, devine Lambiase.

— Non. Elle débarque à la maison avec Maya et le livre juste avant Noël. Elle m'explique avoir fait toutes les maisons de vente aux enchères et bouquinistes de la région de Boston et que personne n'a voulu du livre sans en connaître la provenance, et que les flics les avaient contactés au sujet d'un *Tamerlan* volé. Elle sort le livre de son sac, me le rend, et je le lui balance à la figure : « Qu'est-ce que vous voulez que j'en fasse ? » Marian Wallace se contente de secouer la tête. Le livre atterrit par terre et la petite le prend pour gribouiller dessus, ni elle ni moi ne faisions attention à elle. Les grands yeux ambrés de Marian Wallace se remplissent de larmes : « Avez-vous lu *Tamerlan*, madame Parish ? C'est tellement triste. » Je reste perplexe. « C'est un poème sur ce conquérant turc qui troque l'amour de sa vie, une pauvre paysanne, contre le pouvoir. » J'ai répondu, avec un soupir : « Vous croyez que c'est ce qui est en train de se passer en ce moment ? Vous vous prenez pour la pauvre paysanne et moi pour la méchante femme qui vous tient à l'écart de l'amour de votre vie, c'est ça ? – Non », se défend-elle. La petite fond en larmes. Marian m'explique que le pire dans tout ça, c'est qu'elle savait très bien ce qu'elle faisait. Cette gamine avait adoré le livre de Daniel. Elle avait lu sa biographie des millions de fois avant de coucher avec lui. Elle savait pertinemment qu'il était marié. « J'ai commis tant d'erreurs », se lamente-t-elle, et moi de lui répondre : « Je ne peux pas vous aider. » Elle le reconnaît et prend le bébé dans ses bras. « Vous ne nous aurez plus en travers de votre chemin, conclut-elle. Joyeux Noël. »

» Et elles s'en vont. Cette entrevue m'a beaucoup secouée, je vais me préparer du thé dans la cuisine. Quand je retourne dans le salon, je m'aperçois que la petite a oublié son sac, et que le livre traîne par terre, à côté. Je le ramasse, avec l'intention de le remettre à sa place dans l'appartement d'A.J. le lendemain ou le surlendemain soir. Et c'est là que je découvre tous les gribouillis sur la couverture. La môme l'a bousillé ! Alors je le range dans le petit sac que je cale dans mon armoire sans me donner la peine de trop le cacher. Je me dis que Daniel tombera dessus et me posera des questions, mais non. Il s'en fiche. Cette nuit-là, A.J. me passe un coup de fil pour savoir quoi donner à manger à un bébé. Il a recueilli Maya dans son appartement et je lui propose de passer.

— Le lendemain, le corps de Marian Wallace est retrouvé près du phare, complète Lambiase.

— Oui. J'attends que Daniel dise quelque chose, reconnaisse l'enfant et réclame la garde de sa fille, mais il n'en fait rien. Et moi, lâche que je suis, je n'ai jamais abordé le sujet.

Lambiase la prend dans ses bras. Au bout d'un moment, il rompt le silence :

— Tout cela n'a pas d'importance. S'il y avait eu un crime…

— Mais c'était un crime, insiste Ismay.

— S'il y avait eu un crime, tous ceux qui étaient au courant sont morts aujourd'hui.

— Sauf Maya.

— La vie de Maya a très bien tourné finalement.

Ismay hoche la tête.

— Oui, hein ?

— Voilà comment je vois les choses : tu as sauvé la vie d'A.J. Fikry le jour où tu as volé ce livre. Voilà ce que je pense.

— Quel genre de policier es-tu donc ?

— De la vieille école.

*

* *

Le soir suivant, comme tous les troisièmes mercredis du mois depuis dix ans, le club du Choix du Chef se réunit dans la librairie. Au début, les policiers se sentaient obligés d'y assister, mais le groupe a gagné en nombre et en popularité au fil des années. C'est désormais le plus gros club de l'île. Il se compose encore en majorité de policiers mais les épouses et enfants (en âge d'y assister) sont venus grossir les rangs. Des années plus tôt, Lambiase avait dû les obliger à déposer leur arme à l'entrée après qu'un jeune flic eut braqué son flingue sur un collègue au cours d'une conversation particulièrement animée sur *La Maison des sables et des brumes*. (Lambiase dirait ensuite à A.J. qu'il avait commis une erreur en choisissant ce livre. « Le personnage du flic est intéressant mais la morale de cette histoire est trop ambiguë. Dorénavant, je m'en tiendrai à des romans policiers plus classiques. ») Il n'y eut aucun autre incident violent à déplorer. En dehors de ceux contenus dans les livres, bien sûr.

Comme le veut la tradition, Lambiase arrive en avance à la librairie afin de tout préparer pour la réunion. Il discute avec A.J. :

— J'ai trouvé ça devant ta porte, lui dit-il en entrant.

Lambiase lui tend une enveloppe matelassée en papier kraft avec le nom d'A.J. écrit dessus.

— Encore des épreuves sans doute.

— Ne dis pas ça. Cette enveloppe pourrait contenir un futur best-seller.

— Oui, j'en suis sûr. Il s'agit probablement DU Grand Roman Américain. Il rejoindra la pile des livres « à lire avant que mon cerveau ne se mette en grève ».

A.J. pose le paquet sur le comptoir, Lambiase ne le quitte pas des yeux.

— On ne sait jamais, lance ce dernier.

— Je pourrais me comparer à une fille restée trop longtemps sur le marché des cœurs à prendre. J'ai connu trop de déceptions, reçu trop de bouquins soi-disant prometteurs qui n'ont jamais rien donné. Tu as déjà ressenti ça, en tant que policier ?

— Comment ça ?

— Une forme de cynisme, je dirais. Il ne t'arrive jamais de ne plus rien attendre de bon de qui que ce soit ?

— Non. Je croise autant de gens mauvais que de bons.

— Ouais, donne-moi des noms.

— Eh bien, toi, mon ami. (Lambiase s'éclaircit la voix et A.J. ne trouve rien à répliquer.) Quels sont les bons thrillers que je n'ai pas encore lus ? Il me faut des nouveautés pour Le Choix du Chef.

A.J. s'éloigne vers le rayon des romans policiers. Il passe en revue les dos des livres qui, pour la plupart, sont noirs et rouges, avec les titres écrits en majuscules argentées ou blanches. De temps en temps, un éclair fluorescent brise la monotonie de l'ensemble. Les thrillers se ressemblent tous tellement, se dit A.J. Qu'est-ce qui les différencie les uns des autres ? Chaque livre est pourtant unique, conclut-il. Il faut en lire beaucoup. Il faut y croire et accepter une déception occasionnelle pour pouvoir goûter à l'exaltation.

Il en choisit un et le tend à son ami.

— Celui-là peut-être ?

Parlez-moi d'amour

1980/RAYMOND CARVER

Deux couples se soûlent et débattent de ce qu'est ou n'est pas l'amour.

Une question m'a beaucoup donné à réfléchir : pourquoi écrit-on plus facilement sur ce qu'on déteste, sur les imperfections que sur ce qu'on aime. Cette nouvelle reste ma préférée, Maya, et pourtant je ne vois pas du tout comment l'expliquer.*

(Vous êtes, Amelia et toi, mes préférées aussi, bien sûr.)

A.J.F.

* Cette maxime s'applique à tout ce qui est publié sur Internet, bien sûr.

« Lot 2200. Ajouté à la dernière minute à la vente de cet après-midi. Une occasion rare pour tout connaisseur de livres anciens. *Tamerlan et autres poèmes* par Edgar Allan Poe. Écrit par l'auteur à l'âge de dix-huit ans et attribué à un "Bostonien". Un tirage de cinquante exemplaires seulement à l'époque. *Tamerlan* serait la perle d'une collection de livres rares. Il porte quelques traces d'usure sur le dos et de feutre sur la couverture. Je n'insisterai jamais assez sur le fait que ces dommages n'entament ni la beauté ni la rareté de l'objet. Démarrons donc les enchères à 20 000 dollars. »

L'ouvrage est adjugé à 72 000 dollars, dépassant à peine le prix de réserve. Après déduction des honoraires de vente et des taxes, le montant couvre à peine les frais d'A.J. pour l'opération et la première série de rayons.

Quand il reçoit le chèque de chez Christie's, A.J. hésite encore à se lancer dans le traitement. Il s'obstine à croire qu'il vaudrait mieux l'investir dans les études de Maya.

— Non, tranche la jeune fille. Je suis maligne.

J'obtiendrai une bourse. J'écrirai la lettre la plus triste du monde au service des inscriptions en leur expliquant que je suis orpheline, abandonnée par une fille-mère dans une librairie, et que mon père adoptif est mort du plus rare des cancers du cerveau. Et je leur dirai : voyez où j'en suis maintenant. Une citoyenne modèle. Ça passera comme une lettre à la poste.

— C'est terriblement insensible de ta part, ma petite intello adorée.

A.J. rit devant le monstre qu'il a lui-même créé.

— J'ai de l'argent, moi aussi, insiste son épouse.

Les femmes de sa vie veulent qu'il vive, alors il fixe une date pour l'intervention.

*

* *

— Maintenant que je suis assise ici, je me dis que *Marié sur le tard* est, en fait, un gros ramassis de conneries, lance Amelia, amère. (Elle se lève et se dirige vers la fenêtre.) Tu préfères les stores fermés ou ouverts ? Ouverts, ils laissent entrer un peu de lumière naturelle et nous offrent une jolie vue sur l'hôpital des enfants situé juste en face. Si on les baisse, tu pourras admirer ma lividité cadavérique sous les néons. À toi de décider.

— Ouverts. Je veux me souvenir de toi sous ton meilleur jour.

— Tu te rappelles ce que Friedman écrivait sur les hôpitaux, qu'il était impossible et trop douloureux de décrire une chambre d'hôpital, surtout lorsqu'elle accueille un être cher ou une connerie de ce genre ? Comment a-t-on pu trouver ça poétique ? Ça me révulse. Me voilà, à ce stade de ma vie, du côté de toutes les personnes qui refusaient de lire ce roman au départ. Je me retrouve dans la peau du graphiste qui a conçu la couverture avec les fleurs et les pieds. Et tu sais pourquoi ? Parce qu'on peut tout à fait décrire une chambre d'hôpital. C'est gris. Avec la pire décoration qu'on puisse imaginer, tout ce dont l'Holiday Inn n'a pas voulu, on dirait, et puis cette odeur tenace… à croire qu'on s'efforce de masquer les relents de pisse.

— Tu as adoré *Marié sur le tard*, Amy.

Elle ne lui a pas encore parlé de Leon Friedman.

— Mais je n'ai jamais voulu vivre une histoire pareille à quarante ans.

— Il faut vraiment que je subisse cette intervention ? demande A.J.

Amy roule les yeux.

— Bien sûr que oui. Primo, elle est programmée dans vingt minutes, ce qui veut dire qu'on ne pourrait pas se faire rembourser de toute façon. Deuzio, on t'a rasé la tête et tu ressembles à un terroriste. Je ne vois pas l'intérêt de rebrousser chemin maintenant.

— Ça vaut la peine de débourser tant d'argent pour deux années supplémentaires, qui s'annoncent plutôt glauques ?

— Oui, insiste-t-elle en lui prenant la main.

— Je me souviens d'une femme qui m'a parlé un jour de l'importance de partager des goûts communs, d'une femme qui avait rompu avec un authentique héros américain parce qu'ils n'avaient pas de conversations intéressantes. Cela nous pend au nez, tu sais.

— Le contexte n'a rien à voir, rétorque Amelia. (Elle marque un temps, puis hurle.) MERDE !

Quelque chose doit sérieusement clocher parce que Amelia ne jure jamais, se dit A.J.

— Qu'y a-t-il ?

— Eh bien, c'est que, je l'aime plutôt bien ton cerveau.

Il émet un petit rire auquel elle répond en pleurant.

— Oh, pas de larmes. Je ne veux pas de ta pitié.

— Je ne pleure pas pour toi mais pour moi. Tu sais combien de temps il m'a fallu pour te trouver ? Combien d'horribles rancards je me suis tapé ? Je ne… (Elle a le souffle coupé à présent.) Je ne peux pas me réinscrire sur Match.com. Je ne peux pas.

— Toccata, toujours en train de se projeter dans l'avenir.

— Toccata ? Tu ne peux pas m'affubler de ce surnom à ce stade de notre relation, enfin !

— Tu rencontreras quelqu'un d'autre. Je t'ai bien rencontrée, moi.

— Va te faire foutre ! Je t'aime. Je me suis habituée à toi. Tu es l'homme de ma vie, enfoiré. Pas moyen que je me case avec quelqu'un d'autre.

Il l'embrasse et elle glisse sa main sous sa chemise d'hôpital, entre ses jambes, et referme ses doigts.

— J'adore faire l'amour avec toi, dit-elle. Si tu deviens un légume, après l'opération, je pourrais quand même te faire l'amour ?

— Bien sûr, répond A.J.

— Et je ne baisserai pas dans ton estime ?

— Non. (Il s'interrompt un instant.) La conversation prend une tournure qui ne me met pas très à l'aise.

— Tu me connaissais depuis quatre ans quand tu m'as invitée à sortir.

— C'est vrai.

— Tu as été si méchant avec moi le jour où on s'est rencontrés.

— Encore vrai.

— Je suis foutue maintenant. Comment vais-je trouver quelqu'un d'autre ?

— Tu sembles très indifférente au sort de mon cerveau.

— Ton cerveau est cramé. Nous le savons tous les deux. Et moi, alors ?

— Pauvre Amy.

— Oui. J'étais femme de libraire avant, une condition qui n'avait déjà rien de très enviable. Et voilà que je vais devenir veuve de libraire.

Elle l'embrasse sur toute la surface de sa tête défectueuse.

— J'aimais ce cerveau. J'aime ce cerveau ! Il est très doué.

— Moi aussi, lâche A.J.

Un brancardier vient le chercher pour l'emmener au bloc.

— Je t'aime, lance-t-elle avec un geste d'impuissance. J'aurais aimé te quitter sur quelque chose de plus intelligent, mais c'est tout ce que je sais.

*

* *

À son réveil, A.J. retrouve les mots plus ou moins à leur place. Il lui faut un peu de temps pour en déterrer quelques-uns mais ils sont là.

Sang.

Antalgique.

Vomi.

Bassine.
Hémorroïdes.
Diarrhées.
Eau.
Cloques.
Couches.
Glace.

*

*   *

Après l'opération, on l'emmène dans une aile isolée de l'hôpital où il va subir un mois complet de rayons. Son système immunitaire est tellement affaibli qu'on lui interdit les visites. Il ne s'est jamais senti aussi seul de toute sa vie, même pendant la période qui avait suivi la mort de Nic. Il rêverait de boire tout son soûl mais son estomac irradié ne le supporterait pas. Voilà à quoi ressemblait sa vie avant Maya et Amelia. Nul homme n'est une île. En tout cas, pas de façon à ce que ça lui réussisse.

Quand il ne vomit pas ou qu'il n'est pas semi-comateux, il sort la liseuse que lui a offerte sa mère pour Noël. (Les infirmières jugent cet appareil plus conforme aux normes d'asepsie qu'un livre. « Ils devraient le préciser sur la boîte », lance A.J. avec malice.) Il s'aperçoit qu'il n'arrive pas à lire un roman entier sans s'endormir. Rien de tel que les nouvelles. Elles ont toujours eu sa préférence de toute façon. Au cours de sa lecture, A.J. prend conscience qu'il aimerait rédiger une autre liste de nouvelles à recommander à Maya. Elle sera écrivain, il en est certain. Il n'écrit pas mais il en sait long sur la profession et il tient à lui transmettre son savoir. *Maya, les romans ont indéniablement leur charme mais la nouvelle est une merveille dans l'univers de la prose. Maîtrise l'art de la nouvelle et tu domineras le monde*, pense-t-il juste avant de sombrer dans le sommeil. *Il faudrait que j'écrive tout ça noir sur blanc*, se dit-il, appuyé contre la cuvette des toilettes. A.J. cherche un crayon mais n'en trouve pas.

Après les séances de rayons, l'oncologue découvre que sa tumeur ne s'est pas résorbée, mais qu'elle n'a pas grossi non plus. Il lui donne un an.

— Vous risquez de perdre progressivement l'usage de la parole puis d'autres capacités cérébrales, lui annonce ce dernier avec une voix enjouée, totalement déplacée.

Peu importe. A.J. se réjouit de rentrer chez lui.

The Bookseller[1]

1986/Roald Dahl

Un bijou ! L'histoire d'un libraire qui extorque de l'argent de façon très originale. On retrouve le défilé de personnages grotesques et opportunistes si chers à Roald Dahl. Quant à l'intrigue, elle ne manque pas de défauts et le rebondissement tardif ne parvient pas à les faire oublier. The Bookseller *ne devrait pas figurer sur cette liste – Dahl ne nous offre ici rien d'exceptionnel. Incomparable à* Coup de gigot *et pourtant... cela ne l'empêche pas d'avoir sa place. Comment expliquer ce choix ? Parce que ton père a un lien avec ces personnages. Ils ont un sens pour moi. Et aussi longtemps que je continuerai à travailler dans la librairie, oui, bien sûr, mais aussi – sans tomber dans le mélodrame – à vivre, je croirai que tout l'intérêt est là. Dans le lien, ma petite intello adorée. Dans le lien.*

A.J.F.

1. *Le Libraire.*

C'est si simple, Maya, aimerait-il lui dire. *J'ai enfin tout compris.*

Mais son cerveau l'empêche de communiquer.

Quand tu n'arrives pas à trouver les mots, emprunte-les.

On lit pour se rappeler qu'on n'est pas seul. On lit parce qu'on est seul. On lit, et on n'est plus seul. On n'est pas seul.

Ma vie est disséminée dans ces livres, voudrait-il lui expliquer. *Lis-les et tu sauras qui je suis vraiment.*

Nous ne pouvons pas tout à fait nous comparer à des romans.

Il a l'analogie qu'il cherche sur le bout de la langue.

Ni même à des nouvelles. Et pourtant, à ce stade, sa vie n'en est pas si loin.

Au bout du compte, nous ne sommes que des recueils de nouvelles.

Il a suffisamment lu pour savoir qu'il n'en existe pas de parfait. Certaines histoires sortent du lot. D'autres sont sans intérêt. Quand on a de la chance, on en découvre une exceptionnelle. Mais au final, on ne se souvient que des nouvelles remarquables, et encore, pas très longtemps.

Pas longtemps du tout.

— Papa, lance Maya.

Il essaie de déchiffrer ce qu'elle lui dit. D'associer le mouvement de ses lèvres aux sons. Qu'est-ce qu'ils signifient ?

Heureusement, elle répète :

— Papa.

Oui, papa. C'est ça. Je suis un papa, je le suis devenu. Le père de Maya. Son papa. Papa. Quel mot ! Un bon petit mot et si grand. Quel mot et quel monde ! Il pleure. Son cœur déborde et aucun terme ne peut le soulager. *Je comprends désormais l'effet des mots. Ils nous permettent d'atténuer la force des sentiments.*

— Non, papa. Arrête, je t'en prie. Tout va bien.

Elle glisse ses bras autour de lui.

Il a du mal à lire. Avec beaucoup d'efforts, il parvient encore à venir à bout d'une nouvelle. Mais les romans, il n'y arrive plus. Il lui est plus facile d'écrire que de lire. Enfin, facile, c'est beaucoup dire. Il rédige un paragraphe par jour. Un paragraphe pour Maya. Ce n'est pas le bout du monde, mais il ne peut, hélas, pas donner beaucoup plus.

Il tient à lui dire une chose très importante.

— Est-ce que ça fait mal ? lui demande-t-elle.

Non, pense-t-il. Son cerveau ne capte plus la douleur, il ne la ressent plus. La perte de ses facultés mentales a curieusement été indolore. Il s'attendait en baver davantage.

— Est-ce que tu as peur ? reprend Maya.

Pas de mourir, non, mais de ce que j'expérimente quotidiennement. Chaque jour qui passe m'ampute un peu plus de moi-même. Aujourd'hui, j'en suis réduit à des pensées sans mots. Demain, je ne serai plus qu'un corps sans pensées. Et ainsi de suite. Mais Maya, tu es là aujourd'hui, alors je me réjouis. Même sans livres et sans mots. Même sans toute ma tête. Bon sang, comment le formuler ? Par où commencer ?

Maya l'observe et fond en larmes, elle aussi.

— Maya, dit-il. Il n'y a qu'un seul mot qui compte.

Il la sonde du regard pour voir s'il s'est fait comprendre. Elle fronce les sourcils, ce qui lui indique qu'il n'a pas été clair. Merde ! Ces derniers temps, il ne s'exprime qu'en charabia. Pour communiquer, mieux vaut qu'il se limite à un seul mot. Mais certaines choses demandent à être développées.

Il va refaire une tentative. Il la renouvellera indéfiniment s'il le faut.

— Maya, nous sommes ce que nous aimons. Nous sommes parce que nous aimons.

Maya secoue la tête.

— Papa, je suis désolée. Je ne comprends pas.

— Nous ne nous définissons pas par rapport à ce que nous collectionnons, possédons, lisons mais, vivants, nous ne sommes qu'amour. Les choses que nous aimions. Les personnes que nous aimions. C'est ce qui reste après nous, je crois.

Elle continue à manifester son incompréhension.

— Je ne comprends pas, papa ? Si seulement je pouvais. Tu veux que j'aille chercher Amy ? Sinon, essaie de le taper.

Il transpire. Discuter n'a plus rien d'une partie de plaisir. C'était si facile avant. *Très bien*, se dit-il. *S'il faut résumer ça à un mot, résumons*.

— Amour ?

Il prie pour que le mot soit sorti correctement.

Elle fronce les sourcils et essaie de lire sur son visage.

— Moufles ? s'enquiert Maya. Tu as froid aux mains, papa ?

Il acquiesce et elle prend ses mains dans les siennes. Elles étaient glacées et se réchauffent à présent. A.J. estime qu'il s'est rapproché du but aujourd'hui. Demain, peut-être qu'il trouvera les mots.

*

* *

À l'enterrement du libraire, une question taraude tout le monde : que va devenir la Librairie de l'île ? Les gens y sont attachés, beaucoup plus qu'A.J. Fikry ne l'aurait imaginé. Ils se soucient de savoir qui a mis *Un Raccourci dans le temps* entre les mains de leur fille de douze ans, qui leur a vendu un guide touristique pour Hawaï ou fait acheter *Cartographie des nuages* pour une tante aux goûts si particuliers.

De plus, ils aiment bien la librairie. Et même s'ils ne sont pas des clients très fidèles, s'il leur arrive d'acheter des livres numériques ou de commander sur Internet, ils aiment savoir que la Librairie de l'île se trouve dans la rue principale, en plein centre-ville, et que c'est la première ou la deuxième boutique après avoir débarqué du ferry.

Aux funérailles, ils témoignent leur affection envers Maya et Amelia, et murmurent : « On ne pourra jamais remplacer A.J. bien sûr, mais chercherez-vous quelqu'un pour tenir la librairie ? »

Amelia ne sait pas quoi faire. Elle adore Alice.

Et la Librairie de l'île. Mais elle ignore comment faire tourner cette affaire. Elle a toujours abordé le marché du livre du point de vue de l'éditeur. Il lui faut un salaire régulier et une mutuelle, surtout maintenant qu'elle est responsable de Maya. Elle envisage un moment d'ouvrir le magasin pendant la semaine et de le mettre en gérance, mais son projet ne tient pas la route. Il y aurait trop de trajets. Le plus raisonnable serait encore de quitter l'île pour de bon. Après une semaine d'abattement, de nuits agitées et de tergiversations, elle prend la décision de fermer la librairie. La boutique – le local et le terrain sur lequel il a été construit – vaut beaucoup d'argent. (Nic et A.J. l'avaient acheté comptant des décennies plus tôt.) Pendant un peu plus d'un mois, elle cherche un acquéreur intéressé par le fonds de commerce, en vain. Elle met le local en vente. La Librairie de l'île fermera ses portes après l'été.

— C'est la fin d'une époque, dit Lambiase à Ismay au restaurant du coin où ils ont commandé des œufs.

Cette nouvelle lui brise le cœur mais il envisage de quitter Alice de toute façon. Au printemps prochain, il fêtera ses vingt-cinq ans de carrière dans la police et il a mis de côté une coquette somme d'argent. Il s'imagine très bien acheter un bateau et s'installer sur une des îles Keys de Floride, comme le personnage de flic dans un roman d'Elmore Leonard. Il essaie de convaincre Ismay de l'accompagner et il pense qu'il l'aura à l'usure. Elle trouve de moins en moins d'arguments contre ce projet même si, comme toutes ces étranges créatures de Nouvelle-Angleterre, elle aime bien l'hiver.

— J'espérais qu'elles trouveraient quelqu'un pour

reprendre la librairie. Mais à dire vrai, la Librairie de l'île n'aurait plus été la même sans A.J., Amelia et Maya, ajoute Lambiase. Elle n'aurait pas eu la même âme.

— C'est vrai, reconnaît Ismay. Mais c'est quand même dommage. Ils vont probablement la transformer en Forever21.

— C'est quoi, un Forever21 ?

Ismay éclate de rire, moqueuse.

— Comment se fait-il que tu ne connaisses pas ? On n'en parle pas dans tes romans pour jeunes adultes ?

— Tu te fais une fausse idée du genre.

— Il s'agit d'une chaîne de prêt-à-porter. En fait, on aura peut-être de la chance. Ils pourraient y mettre une banque. (Elle sirote son café.) Ou une pharmacie.

— Ou un Jambajuice ? J'adore ce qu'ils font.

Ismay fond en larmes.

La serveuse s'arrête à leur table et Lambiase lui fait signe qu'elle peut débarrasser les assiettes.

— Je sais ce que tu ressens, dit-il finalement. Cette idée ne me plaît pas non plus, Izzie. Tu veux en savoir une bonne à mon sujet ? Avant de rencontrer A.J. et d'aller à la Librairie de l'île, je ne lisais pas des masses. Mes profs, à l'école, trouvaient que j'étais trop lent, du coup je ne m'y suis jamais mis.

— Quand on dit à un gamin qu'il n'aime pas lire, il le croit.

— J'avais surtout des C en anglais. Quand A.J. a adopté Maya, il me fallait une excuse pour passer régulièrement les voir à la librairie, histoire de vérifier que tout allait bien. Alors j'ai commencé à lire tout ce qu'il me conseillait. Et j'y ai pris goût.

Ismay sanglote de plus belle.

— J'ai découvert que j'aimais vraiment les librairies. Je rencontre tout un tas de personnes par l'intermédiaire de mon boulot. Beaucoup de touristes viennent passer quelques jours sur Alice, en particulier l'été. J'ai croisé des gens du cinéma en vacances, des musiciens, des journalistes aussi. Mais les libraires sortent du lot. Ils sont spirituels, hommes et femmes confondus.

— Je n'irais pas jusque-là.

— Je n'en sais rien, Izzie. Les librairies attirent une catégorie de gens particuliers. Des gens bien comme A.J. et Amelia. Et j'aime bien parler lecture avec des passionnés. J'aime le contact du papier. La sensation que ça procure, sentir le livre dans ma poche arrière. L'odeur de l'objet me plaît aussi beaucoup.

Ismay l'embrasse.

— Tu es le flic le plus drôle que j'aie jamais rencontré.

— Je me demande ce que va devenir Alice sans librairie. Ça m'inquiète, lance Lambiase en vidant son café.

— Moi aussi.

Il se penche au-dessus de la table et dépose un baiser sur sa joue.

— Hé. Une idée un peu dingue vient de me traverser l'esprit. Et si on reprenait l'affaire au lieu de partir en Floride ?

— Dans le contexte économique actuel ? C'est de la folie pure.

La serveuse leur demande s'ils souhaitent un dessert. Ismay répond qu'elle ne prendra rien, mais Lambiase la connaît. Elle piochera certainement dans son assiette. Il commande une part de tarte aux cerises avec deux petites fourchettes.

— D'accord. Mais admettons qu'on la reprenne quand même ? poursuit Lambiase. J'ai de l'argent de côté et une jolie retraite qui ne va pas tarder à tomber, tout comme toi d'ailleurs. Et A.J. disait toujours que les livres se vendaient très bien l'été.

— Les touristes ont tous une liseuse maintenant, objecte Ismay.

— C'est vrai, répond Lambiase.

Il décide de clore le sujet.

Ils ont entamé la moitié de la tarte quand Ismay brise le silence :

— On pourrait ouvrir un coin café, aussi. Ça nous permettrait d'arrondir les fins de mois.

— Ouais. A.J. avait souvent évoqué cette possibilité.

— Et on transformerait le sous-sol en salle de théâtre, ce qui nous permettrait de recevoir les auteurs ailleurs qu'au beau milieu de la librairie. On pourrait aussi louer la salle pour des réunions ou des représentations.

— Ton expérience dans le théâtre aiderait beaucoup.

— Tu es certain de vouloir te lancer là-dedans ? lui demande Ismay. Nous ne sommes plus tout jeunes. Et le soleil dans l'histoire ? La Floride ?

— Nous irons quand nous serons vieux, ce qui n'est pas encore le cas, dit Lambiase après un temps. J'ai passé toute ma vie à Alice. C'est le seul endroit que je connaisse. C'est un bel endroit et je compte bien faire ce qu'il faut pour qu'il le reste. Une ville sans librairie est un lieu sans cœur, Izzie.

*

* *

Quelques années après avoir vendu la librairie à Ismay et Lambiase, Amelia décide de quitter Knightley Press. Maya aura bientôt terminé le lycée et Amelia est fatiguée de voyager si souvent. Elle trouve un poste d'acheteuse de livres pour la grande distribution dans le Maine. Avant de partir, comme le fit Harvey Rhodes avant elle, Amelia rédige une note détaillée sur chacun de ses clients. Elle garde la Librairie de l'île pour la fin.

La Librairie de l'île, écrit-elle. *Propriétaires : Ismay Parish (ancienne professeure) et Nicholas Lambiase (ancien commissaire de police). Lambiase est un excellent vendeur, surtout quand il s'agit de thrillers ou de romans pour jeunes adultes. Vous pouvez compter sur Parish, – qui dirigeait autrefois le club de théâtre de son école – pour organiser de super-rencontres d'auteurs. La boutique offre également un coin café, une salle de représentations, et dispose d'une très bonne visibilité sur Internet. Les propriétaires ont bâti tout cela sur les solides fondations posées par A.J. Fikry, l'ancien propriétaire, qui avait un penchant pour la grande littérature. La librairie propose encore beaucoup de fictions littéraires, mais ils ne commanderont jamais ce qu'ils ne peuvent pas vendre. J'aime la Librairie de l'île de tout mon cœur. Je ne crois pas en Dieu. Je ne suis d'aucune confession. Cet endroit m'a pourtant toujours fait penser à une église. C'est un lieu saint. Avec des librairies comme celles-ci, je suis certaine que le marché du livre a encore de belles années devant lui.*

Les dernières phrases gênent un peu Amelia qui décide de couper tout ce qui suit « ils ne commanderont jamais ce qu'ils ne peuvent pas vendre ».

*

* *

... Ils ne commanderont jamais ce qu'ils ne peuvent pas vendre. Jacob Gardner parcourt une dernière fois les notes de son prédécesseur puis débranche son téléphone et descend du ferry à grandes enjambées. Jacob, vingt-sept ans, fraîchement diplômé d'un master de lettres – dont il lui reste la moitié à payer –, est prêt. Il ne réalise toujours pas la chance qu'il a eue d'avoir décroché ce boulot. D'accord, son salaire n'est pas mirobolant mais il adore les livres, il a toujours adoré ça. Il est persuadé qu'ils lui ont sauvé la vie. Il s'est même fait tatouer une célèbre citation de C.S. Lewis sur le poignet. Imagine-toi à la place de ces gens qui sont payés pour parler littérature. Jacob le ferait bien gratuitement, même s'il ne le reconnaîtra jamais devant son employeur. Il a besoin de cet argent. La vie à Boston n'est pas donnée. Ce job alimentaire lui permet surtout de financer sa passion : la tradition orale du vaudeville gay. Mais cela n'enlève rien au fait que Jacob Gardner est un vrai croyant. Il avance comme s'il avait la vocation. On pourrait même le prendre pour un missionnaire. Il a d'ailleurs grandi chez les mormons, mais ça, c'est une autre histoire.

Jacob a hâte d'être à son tout premier rendez-vous en tant que représentant. La Librairie de l'île. Il est impatient de leur parler de tous les merveilleux livres qu'il transporte dans son sac Knightley Press. Celui-ci doit bien peser vingt-cinq kilos, pourtant le jeune homme s'en accommode. Il n'en sent même plus le poids. Le catalogue regorge de titres forts cette année. Son boulot n'aura rien de sorcier, Jacob en est certain. Les lecteurs adoreront forcément ces bouquins. La gentille dame qui l'a embauché lui a conseillé de commencer par la Librairie de l'île. Le propriétaire raffole de littérature policière et justement, le chouchou de Jacob n'est autre que l'histoire d'une amish qui disparaît pendant le Rumspringa[1]. Le représentant considère ce roman comme un incontournable pour tous les fans de thrillers.

En franchissant le seuil de la maison victorienne pourpre, le carillon à vent joue sa musique familière et une voix bourrue mais sans hostilité l'accueille :

— Bienvenue.

Jacob longe le rayon histoire et tend la main à un quinquagénaire, perché sur une échelle.

— Monsieur Lambiase. J'ai LE roman qu'il vous faut !

1. Rite de passage de la communauté amish. Période pendant laquelle les adolescents sont libérés de l'Église pour découvrir le monde moderne.

Remerciements

Les licornes n'existent pas plus que la Librairie de l'île et je ne partage pas toujours les goûts d'A.J. Fikry.

Lambiase et la première Mme Fikry déclinent l'adage selon lequel : « Sans librairie, une ville n'est pas une ville. » Ils ont forcément dû lire *American Gods* de Neil Gaiman.

Avant de le publier, Kathy Pories a travaillé sur ce livre avec tant de générosité et de méticulosité qu'elle n'a pas seulement amélioré mon travail : elle a rendu ma vie meilleure. On reconnaît là le talent des grands éditeurs. Je remercie toute l'équipe d'Algonquin, en particulier Craig Popelars, Emma Boyer, Anne Winslow, Brunson Hoole, Debra Linn, Lauren Moseley, Elisabeth Scharlatt, Ina Stern, et Jude Grant.

Douglas Stewart, mon agent, est un grand joueur de poker, magicien à l'occasion. Ses talents ont nourri le personnage d'A.J. Fikry. Je remercie également ses collègues, Madeleine Clark, Kirsten Hartz, et surtout Szilvia Molnar. Pour de multiples raisons, je suis aussi redevable à Clare Smith, Tamsyn Berryman, Jean Feiwel, Stuart Gelwarg, Angus Killick, Kim Highland, Anjali Singh, Carolyn Mackler et Rich Green.

Mon père, Richard Zevin, est celui qui m'a acheté mon premier vrai roman, *La Petite Maison dans la prairie*. Le livre m'ayant plu, mon père s'est empressé de m'en offrir un millier d'autres. Durant ses pauses déjeuner, ma mère, AeRan Zevin, m'emmenait chez le libraire pour que je puisse me procurer les romans de mes auteurs préférés le jour de leur sortie. Mes grands-parents, Adele et Meyer Sussman, m'ont apporté des livres à chacune de leurs visites ou presque. Ma professeure d'anglais en classe de première, Judith Beiner, m'a familiarisée avec la littérature contemporaine à un âge particulièrement influençable. D'une patience à toute épreuve, Hans Canosa a été mon premier lecteur au cours de ces vingt dernières années. Janine O'Malley, Lauren Wein, et Jonathan Burnham ont publié les sept romans qui ont précédé celui-ci. Ensemble, tous ces gestes et ces gens pourraient bien composer la formule qui permet de devenir écrivain.

Le représentant de Farrar Straus Giroux, l'accommodant Mark Gates, qui nous a quittés, m'a accompagnée pour la promotion de mon livre à Chicago et dans les alentours en 2007. La gestation de ce roman a sans doute commencé là. Quelques années plus tard, Vanessa Cronin a gentiment répondu à mes questions sur le métier de représentant et les délais impartis aux programmes. Je suis la seule responsable des erreurs éventuelles qui pourraient subsister, bien sûr.

Il me faut également remercier les nombreux libraires, attachées de presse, bibliothécaires, enseignants, écrivains, bénévoles des festivals littéraires, et autres personnalités du monde de l'édition pour m'avoir accueillie et avoir gardé contact avec moi après la sortie de mon premier roman, il y a dix ans. *La Librairie de l'île* a été construite sur tous ces échanges. Je ferais preuve de négligence si je ne les remerciais pas.

Enfin, j'ai pris quelques libertés concernant la description du jardin de topiaires à Portsmouth, Rhode Island. Le jardin ferme réellement ses portes l'hiver. En revanche, l'été, vous y croiserez bien une licorne.

Table

Première Partie

Deuxième Partie

Composition et mise en pages
Nord Compo à Villeneuve-d'Ascq

Imprimé en France par

MAURY IMPRIMEUR
à Malesherbes (Loiret)
en avril 2017

POCKET – 12, avenue d'Italie – 75627 Paris Cedex 13

N° d'impression : 217395
Dépôt légal : mai 2017
S27337/01